心《こ》花《はな》堂《どう》手《て》習《ならい》ごよみ

三國青葉

時代小説文庫

角川春樹事務所

心《こ》花堂《はなどう》手習《てならい》ごよみ

【主な登場人物】

匂坂初瀬《こうさかはつせ》……伯母から女子だけが通う手習い所・心花堂《こはなどう》を継ぐ。
片桐久乃《かたぎりひさの》……初瀬の伯母。中気で倒れ、初瀬に心花堂を任せる。
政吉《まさきち》……久乃の家で住み込みで働く下男。
お藤《ふじ》……政吉の妻。ともに久乃の家で働く。
お千代……十三歳。江戸でも指折りの廻船問屋・渡海屋《とかいや》の末娘。わがまま。
浜本八重……十二歳。浪人の娘。痩せていて小柄で色黒。貧乏だが勉強に熱心。
お園……十三歳。菓子屋の娘。実家の菓子が自慢。
お梶……十二歳。小間物屋の娘。おっとりで引っ込み思案。
お多喜……十二歳。呉服屋の娘。色白の美人。
朝比奈多聞《あさひなたもん》……初瀬に思いを寄せる、南町奉行所の定町廻り同心。口が悪い美男。
三枝伊織《さえぐさいおり》……初瀬が祐筆をつとめていた旗本の末弟。初瀬に思いを寄せる。
三枝小弥太《さえぐさこやた》……三枝家の当主・兵庫の息子。伊織の甥にあたる。十歳。
大月亮俊《おおつきりようしゆん》……初瀬の幼馴染み。
伍平……多聞の手先。

目次

本書は書き下ろしです。

第一話　倒書

1

学問の神様である菅原道真《すがわらのみちざね》公の肖像の掛軸をまつった床の間を背にして座り、天神《てんじん》机《づくえ》に向かって手習いをしている子どもたちを見ながら、匂坂初瀬《こうさかはつせ》はそっとため息をついた。初日からもう十日が過ぎたというのに、己が手習い所《どころ》の師匠《ししょう》をつとめていることを、いまだに信じられないでいる。

女筆指南《にょひつしなん》心花堂《こはなどう》というのが、手習い所の名であった。日本橋の小松町《こまつちょう》にある。筆子《ふでこ》は女子《おなご》ばかりで三十二人。

心花堂は、二十五年前に初瀬の伯母《おば》である片桐久乃《かたぎりひさの》が開いた。かつて初瀬自身もここで学んだのだが、習うと教えるとは大違いであることを痛感している。

十八のときから十二年間、初瀬は本郷御弓町《ほんごうおゆみちょう》に屋敷を構える旗本《はたもと》五百石三枝《さえぐさ》家の奥向きで祐筆《ゆうひつ》をつとめていた。一生を賭《と》してお役目を果たすつもりであったのに、久乃が中気で倒れたため心花堂を継ぐことになったのだ。急なことであり心構えもないまま、師匠として初瀬は子どもたちの前に座っていた。

右端から二番目に座っているお絹《きぬ》に、初瀬は「国尽《くにづくし》 女文章《おんなぶんしょう》」を声に出して読ませた。

「山城守様《やましろのかみ》姫君様御事《おんこと》、大和守様《やまとのかみ》御嫡子《ごちゃくし》、河内《かわち》のかみ様へ、和泉守様《いずみのかみ》御媒《おんばい》にて、御縁談、御《お》ととのひ遊《あそば》し、摂津《せっつ》のくに、住《すみ》のえの松もろともに、伊賀《いが》のうへ野の上もなき、御め出たさ、妹背《いもせ》の道は、伊勢《いせ》のふたはしらの御神より……」

「国尽女文章」は寛政《かんせい》十二年（一八〇〇）滝沢《たきざわ》馬琴《ばきん》によって書かれた女子用の教本で、婚礼の物語の中に諸国の名を織り込み、女子が関心を持って学ぶことができるよう工夫されていた。

「はい、そこまで。よくできました。次は、今読んだところの手習いをいたしましょう」

ひそひそ話があちらこちらから聞こえてくる。今日はかなり暖かい。春の訪れを思い心が浮き立つのも無理はない。

だが、しかし……。ここは学びの場。今は一心に手習いに励《はげ》むべきだ。初瀬は軽く咳払《せきばら》いをした。

ぱたり、とひそひそ話がやんだ。よかった……。初瀬は右端に座るお美津《みつ》の手元に目をやった。

六つになるお美津は「いろは」を習得し、「近道子宝《ちかみちこだから》」に進んでいる。

「上は天共空《とも》とも云《いい》、中を通《とおる》は雲なり、月日《つきひ》の出る方を東とし、入方《はいるほう》は西、ひがしに向て、右の方を南とし、左の方を北と云《いう》」というふうに、自然現象から始まり、方位、四季、十干十二支《じっかんじゅうにし》、地形、衣食住、禁裏・城・寺社・町宿、武士や侍と百姓の入用の品について書かれている。正徳《しょうとく》三年（一七一三）に刊行された正本から改訂を経ながら、初めて漢字を習う子どもの教本として今も使われ続けている。

手習い所では、筆子の事情に応じて個々に指導を行なう。したがって教本も違う物を使うことになるのだが、心花堂では入門からしばらくは、皆同じ物を用いている。

「いろは」から始まり、「近道子宝」に続いて、人名を覚えさせる「源平《げんぺい》（名頭字尽《ながしらじづくし》）」、江戸の町名を記した「江戸方角」。そして「国尽女文章」。これだけの物を、入門からおよそ二年の間に学ぶことになっていた。

久乃の筆による折手本《おりでほん》を傍《かたわ》らに、美津は手習草紙に一生懸命字を書いていた。手習草紙とは、半紙を綴《と》じた練習帳である。

師匠の手直しを受けながら、手習草紙が真っ黒になるまで、子どもたちは何度も字を書いて覚えるのだ。美津と向かい合わせに座った初瀬は、手習草紙をとって自分の方に向けた。

小さな身体《からだ》に似合わぬ、伸び伸びした良い字だ。稽古《けいこ》熱心でもあるし、今後ますます上達するだろう。

だが初瀬は、ほころびかけたくちびるをそっとかみしめた。己の字が直されるのを息を詰めて見つめる美津の目に、ちらりと失望の色が浮かんだからである。

ああ、やはり……。ほろ苦い思いを抱きながら筆に墨《すみ》をつけ直す。仕方がないとはいえ、初瀬は己が情けなかった。

手習い所の師匠が子どもの字を直す際は、向かいに座ったまま逆さまに字を書くのが常であった。つまり子どもの側から見て正しく読めるように書く。

これを倒書といい、大勢の子どもの書を一時に直すには非常に都合が良い。ゆえに必須《ひっす》の技とされていた。倒書ができない手習い所の師匠は、もぐりと言われても反論できぬほどだ。

特に久乃は見事な倒書の技を持っていた。幼い頃《ころ》の初瀬は、まるで手妻《てづま》のようなその筆遣《ふでづか》いによく感嘆の声を上げたものだ。

振り返ってみれば、倒書に感動すると同時に、久乃に対する信頼や尊敬の思いが芽生え育《はぐく》まれた気がする。ということは倒書の技を持たぬ初瀬が、子どもたちからどのように見られているか想像は難くない。

急に引き受けることになったゆえという言い訳は通用しない。一刻も早く倒書を習得せねばならなかった。

順に子どもたちの手習いを見ていた初瀬が眉《まゆ》をひそめる。再びひそひそ話が始まったのだ。

さすがに初瀬のすぐ側《そば》に座っている者たちは慎んでいるが、少し離れるともういけない。頭を寄せ合っている子らも目に付く。

大勢のひそひそ声に包み込まれているような心持ちになる。だから手習い所の師匠など、引き受けるのは気が進まなかったのだ。

「静かに！」

初瀬の叱責《しっせき》に子どもたちが静まり返る。初瀬は気を取り直して、手習いの直しに戻った。

なんとまただ。叱《しか》ってからどれだけもたっていないのに、子どもたちがおしゃべりを始めた。

先程より声が大きくなっているのは気のせいではあるまい。己がなめられていることを初瀬は思い知らされた。

倒書ができぬことが、これほど障《さわ》りになろうとは……。

—やっぱりあたしは、鶯餅《うぐいすもち》より桜餅のほうが好き」

初瀬は思わず振り向いた。声の主は、江戸でも指折りの廻船問屋《かいせんどいや》渡海屋《とかいや》の末娘お千代《ちよ》。目鼻立ちの整ったなかなかの美人だ。確か歳《とし》は十三だったはず。

お千代はちらりと初瀬を見たが、そしらぬ顔で話を続けた。

「だって桜餅のほうが色もきれいで春らしいもの」

話し相手の子たちは、お千代に相槌《あいづち》を打つどころではない。初瀬の叱責をおそれて、皆うつむいてしまっている。

「なんだか食べたくなってきちゃった。ねえ、帰り……」

「お千代！」

自分でも思いがけなく大きな声が出た。一瞬の焦りを気取られぬように背筋を伸ばす。

「私は静かにしなさいと申しました。なぜしゃべるのです」

不満げに頬《ほお》をふくらませ、お千代が初瀬をにらみつけた。

「その目つきは何ですか。手習いを怠《なま》けてしゃべっていたのですよ。叱られるのは当然でしょう」

「お千代ちゃん、お師匠様に謝ったほうがいいよ」

隣に座っている子がささやいた。

「そんなの嫌だ。ちょっとしゃべっただけなのに。なんで叱られなきゃならないの。あたし、親にだってこんなに大声でものを言われたことないよ」

お千代にまくし立てられ、隣の席の子が、泣きそうな顔で「ごめん」とつぶやく。

おそらくお千代は甘やかされて育ったのだろう。大店《おおだな》の娘であるがゆえに、まわりの者たちも遠慮があるに相違ない。

それでこのようなわがまま娘が出来上がったというわけか。手習い所の師匠としては、ここで甘い顔をするわけにはいかない。

「お千代の申し分はようわかりました。私の言うことが聞けないのなら、家へお帰りなさい」

皆が息を飲んだのが感じられた。お千代がぽかりと口を開ける。安易に許してはだめだ。ここは少しお灸《きゆう》をすえなければ……。

しぶしぶでも謝罪するだろうという初瀬の予想を裏切り、お千代は猛然《もうぜん》と机の上を片付け始めた。なんと本当に帰るつもりなのだ。お千代の意地っ張りも筋金入りというところ。

縮緬《ちりめん》の風呂《ふろ》敷包《しきづつ》みを脇《わき》に置き、お千代は挑《いど》むような目つきでつけつけと言った。

「明日から、もうここへは参りません。あたし、心花堂を辞めます」

どよめきが上がる。叫びそうになるのをこらえるためか、手を口で押さえている者も見られた。

しまった……。まさかお千代がそこまでするとは思わなかったのだ。

だが、もう初瀬もあとへは引けない。なけなしの威厳がこれ以上失われることは避けたかった。そして何より他の筆子たちへの示しがつかない。

「辞めると申すなら止めはしません。勝手になさい」

お千代は顔を真っ赤にして立ち上がった。走るようにして教場を出て行くお千代の後姿を見つめながら、初瀬はしみじみと思った。祐筆に戻りたい……。

†

お千代が心花堂を去った翌日、筆子が四人辞めた。教場でお千代の側に座っていた子どもらだ。

娘の代わりに親たちがやって来てあいさつをし、天神机を持って帰った。お千代が通わないのなら、自分たちも辞めると言い出したらしい。皆お千代とは幼馴染《おさななじみ》の間柄で、昨日の帰り道に辞めることで相談がまとまったのだという。

近所に住む友だちと、誘い合わせて同じ手習い所に通うというのはよくあることだ。

特に女児の場合はその傾向が強い。仲良しのひとりが辞めれば、連れだって他の子たちが辞めるのは当然だった。

仕方がないことだと思いながらも、初瀬の心は重かった。責めはお千代を叱りつけた己にあるのだから。

もう二度と久乃の筆子を減らしてはならぬ。初瀬は心に固く誓った。もっと力を入れて筆子を教えよう。

だが、初瀬の思いとは裏腹に、筆子たちは次々と心花堂を去っていった。お千代の父親が営む廻船問屋の渡海屋は、江戸でも指折りの大店だった。どうやらそちらに遠慮をする者たちもいるらしい。

お千代が大店の娘であることは初瀬も承知していた。だが手習いの場では、誰《だれ》もが平等でなければならぬというのが初瀬の考えであった。えこひいきをしようという気はさらさらなかったのだ。

お千代が辞めてから十日ののち、とうとう心花堂の筆子はたった四人になってしまったのだった……。

「伯母上。このような仕儀となってしまいましたこと、まことにお詫《わ》びのしようもなく」

女中のお藤《ふじ》に背を支えられて寝床の上に起き上がった久乃に、初瀬は深々と頭を下げた。久乃は初瀬の母の姉にあたる。五十八になる今も、瓜実顔《うりざねがお》に切れ長の目の端正な顔立ちは大きく変わってはいない。

「初瀬は、なぜ筆子たちが辞めたと思う」

中気で倒れてからひと月半が過ぎ、久乃はゆっくりとならしゃべることができるようになっていた。萎《な》えていた右手と右足も、少しずつだが感覚が戻りつつある。

これからの養生次第で、杖《つえ》にすがって歩けるようになるやもしれぬらしい。だが、二度と元のような流麗な文字は書けない、というのが医者の見立てであった。

だからこそ久乃は心花堂を初瀬に託したのだ……。

「大店の娘であるお千代を強く叱ったからです。それに筆子たちは、倒書ができぬ私に失望しておりましたゆえ」

初瀬は顔を上げ、久乃の目をまっすぐに見た。

「心花堂を受け継ぎました折、決してえこひいきはせぬと己に誓いました。それゆえお千代を叱責したのです。しかし、まさか筆子が皆辞めてしまうとは思いもせず。自分のあさはかさを心より恥ずかしゅう思うております」

「学びの場では平等であるべきは当然のことじゃから、お千代を叱ったことはかまわぬ。また、誰でも最初は倒書などできぬもの。そなたは何か考え違いをしておる」

いったん言葉を切った久乃が乾いた咳をする。あわてて背をさすろうとするお藤を目顔で制し、久乃は再び口を開いた。

「筆子を叱る際は、その子のためを思うてやらねばならぬ。わがままや思い上がりは、いつか我が身に災いをもたらすもの。のちにお千代が困らぬよう、今ここで叱りおく。そういう気持ちが大切」

あのとき初瀬は筆子たちのひそひそ声にいらいらしていた。そこへお千代が横柄な態度をとったので、思わず大きな声で叱ってしまった。お千代を躾《しつ》けるためという気など微塵《みじん》もなかった。

初瀬は己を恥じた。頬が熱い。

「筆子がそなたに失望していたというのなら、それは倒書とは関《かか》わりがない。子どもというものはあれでけっこう鋭いもの。おおかた、手習い所の師匠など引き受けるのではなかったただの、祐筆に戻りたいだのという、そなたが心でつぶやいた愚痴に勘付いたのじゃな」

未熟な上に熱意もない名ばかりの師匠が頭ごなしに叱りつけたのだ。筆子たちが初瀬を見限るのも無理はない。

しかも久乃に言われるまで、そのことに気付きもしなかった。私は何と大馬鹿者なのだろう。初瀬は顔が上げられなくなった。

「心花堂は、単に読み書きや算盤《そろばん》のみを習う場にあらず。生きていく上で最も大切な、人の倫《みち》を教えねばならぬ。残ってくれた四人の筆子たちを、これ以上がっかりさせぬよう」

「はい」と返事をしながら、初瀬はもう一度深々と頭を下げた。

†

初瀬は縁側に座り、ぼんやりと庭を眺めていた。父が亡くなった折に家を引き払ったので、久乃の家に住まわせてもらっているのだ。

下男として妻のお藤とともに住み込みで働いている政吉《まさきち》の手入れが良いので、小さい庭だがなかなか趣《おもむき》がある。今を盛りと咲く梅の、香りがあたりにただよっていた。

庭の草木は日ざしを一杯その身に浴びて、春の訪れを喜んでいるかのようだ。しかし初瀬の心は沈んでいた。

「初瀬様」

少し目尻《めじり》の下がった愛嬌《あいきょう》のある顔に笑みを浮かべ、お藤が初瀬の膝元《ひざもと》に盆を置いた。

茶がなみなみと入った大ぶりの湯飲み茶碗《ちゃわん》と、菓子鉢に盛られた豆大福が載っている。

「栄屋《さかえや》の豆大福でございますよ。ささ、どうぞお召し上がりくださいませ」

栄屋の豆大福は初瀬の大好物だ。お藤に頼まれた政吉が、急いで行って買って来てくれたのだろう。

初瀬はすすめられるまま豆大福を口にした。えんどう豆の塩味とこしあんの甘さ、そして餅の柔らかさとの具合が絶妙である。

おいしい……。初瀬の頬がゆるんだ。豆大福を三口でたいらげ茶をすする。お藤はいつも、とても上手に茶をいれるのだ。「ほう」とため息が出る。

己がしでかしたことは悔やんでも悔やみきれないが、もう取り返しはつかなかった。前へ進むしかない。

二度と同じ過ちをおかしてはいけない。これからは筆子のことを第一に考えるようにしなければ。

良き師匠となるよう励もう。あの子たちに見放されぬように……。

†

今にも雨が落ちて来そうな灰色の空。初瀬は、父大造《だいぞう》と母雪乃《ゆきの》の墓に桃の小枝を供えた。可憐《かれん》な花に心が和《なご》む。

今日は弥生《やよい》の五日で雛祭《ひなまつ》りも終わり、まさに春もたけなわ。往来は多くの人々が行き交っている。しかし、ここ深川《ふかがわ》の萬徳院《まんとくいん》の墓所は静寂に包まれていた。初瀬の他には誰もいない。

三十になる初瀬は、とうに亡くなった雪乃の歳を追い越してしまっていた。丸顔に形の良い鼻と大きな二重まぶたの目が、雪乃と瓜ふたつだとよく言っていた大造が、妻の元へ旅立って八年になる。

初瀬は大造の好物の酒饅頭《さかまんじゅう》を供え、墓に手を合わせた。ふかしたてを買ったのでまだ温かい。おいしそうな匂《にお》いに刺激されたものか、腹の虫がきゅるると鳴いた。

初瀬は経木《きょうぎ》の包みからいそいそと酒饅頭をひとつ取り、ぱくりとかじってほおばった。ねっとりとした甘さの餡《あん》はこくがある。酒の香がふわりと鼻から抜けた。おいしい……。初瀬はうっとりと目を閉じた。

良い歳をして子どもみたいにと、父上も母上もあきれておられることだろう。初瀬はくすりと笑った。

来月もまた参ります。もう一度手を合わせ、初瀬は立ち上がった。

両親の墓から三間《けん》（約五・四メートル）ほど離れたところに、人の頭くらいの大きさの黒っぽい石を置いただけの墓がある。石には何も記されていないため、誰が眠っているのかは不明だった。

参る人がいないらしく、生い茂った草で石が見えなくなるほどだったので、ついで（と言ってはいけないのかもしれないが）に参って掃除をすることにしている。もう十年になるだろうか……。

いくつで亡くなったのだろう。男か、それとも女か。何もわからないが、ひとつだけ言えるのは、この死者には身寄りがないということだ。

それではあまりに寂しすぎる……。

「今月もまた、おせっかいに参りました。お好きかどうかわからないけれど、桃の花と酒饅頭です」

つぶやきながら初瀬は合掌して目を閉じ、地下に眠る死者に語りかけた……。

2

初瀬は、四人の筆子たちと向島《むこうじま》の墨堤《ぼくてい》（隅田《すみだ》川堤《がわつつみ》）へ向かっていた。満開の桜の下で弁当を広げ、花見を楽しもうという趣向だ。

大勢の筆子が心花堂を去ってから半月。初瀬自身は立ち直ったつもりでいたのだが、はた目から見るとそうではなかったらしい。筆子たちを誘って花見に行けと、お藤に強くすすめられた。

『花見に行けば気晴らしになりますし、筆子たちもきっと喜ぶことでしょう。これぞ一石二鳥。お藤が腕によりをかけて弁当を作りますから、ぜひ花見にお出かけなされませ』

最初はあまり気が進まなかったが、初瀬を思うお藤の気持ちがうれしかったので行くことにした。あと、料理上手なお藤が作る弁当に、心を動かされたというのも正直なところである。

花より団子とはまさにこのことだ。初瀬はくすりと笑った。真っ青な空には綿をちぎって貼《は》り付けたような雲が浮かんでいる。湿った土の匂いも春らしくて好もしい。

久しぶりに心が晴れ晴れしている。やはりお藤の言う通りにしてよかった。外でおいしいものを共に食せば、筆子たちも心を開いてくれるやもしれぬ。

実のところ、初瀬と筆子たちはあまりうまくいっていない。そのあたりも心配してのお藤の提案だったというわけだ。

初瀬に反抗するわけではない。手習いもきちんとする。だがそれだけなのだ。己が信頼されていないのがひしひしと感じられる。

まあ、もちろん己が悪いのだが、やはり初瀬は寂しかった。筆子たちとなれ合うのはよろしくないだろう。しかしもう少しお互いがしっくりいかぬものだろうか。

初瀬のほうから一歩踏み込んでみようかとも思うのだが、拒絶されてしまったときの痛手を想像すると気が進まない。情けないことだが、とても笑って済ますことはできぬだろう……。

ああ、暗い考えに囚《とら》われてはいけない。今日はせっかくこんなに良い花見日和《びより》なのだから。

「あの……お師匠様」

少し後ろを歩く浜本八重《はまもとやえ》が、思い切ったように声をかけた。十二になる八重は、痩《や》せていて小柄で色が浅黒い。少しつり気味の目には真剣な光が宿っている。

「お師匠様は、旗本のお屋敷でご祐筆をされていたとうかがいました。お屋敷に上がられたのはおいくつのときですか？」

「十八でした」

初瀬の心の隅がちくりと痛む。もう十二年も前のことなのに……。

「伯母上の口添えでご奉公に上がったのです。ずっと以前、伯母上もそのお屋敷で祐筆をなさっていましたから」

「私も、武家に奉公したいと考えております。ご祐筆でなくとも何でもよいのです」

八重が一瞬くちびるを一文字に結ぶ。

「我家は亡き祖父の代から浪人暮らしで、父は商家の帳付《ちょうつけ》をしておりました。その父も五年前に亡くなり、今は母と私と八つになる弟の三人暮らしです。私は、何とか弟の身が立つようにしてやりたいと思います」

奉公先での八重のはたらきがお覚えめでたければ、弟に仕官の道が開けるやもしれぬ。また、剣や学問で身を立てるなら、主《あるじ》の口添えが助けになることもあろう。それを考えての決意なのだ。

八重の身につけている物を見れば、暮らし向きが豊かでないことは一目瞭然《いちもくりょうぜん》である。弟を案じる八重の気持ちに、きょうだいがいない初瀬は、少しうらやましく思いながら素直に感心した。

「そうなのですか。八重は弟思いなのですね。私も八重が武家で奉公できるよう、できる限り力をつくしましょう」

「ありがとうございます！」

八重の顔がぱっと輝き、子どもらしい笑顔になった。

「しっかり精進なさい」

「はい！」

はずむ足取りを抑えきれぬ八重を、初瀬は微笑《ほほえ》ましく思った。ああ、だから八重は心花堂に残ったのだ……。初瀬は腑《ふ》に落ちた。

初瀬が旗本に伝手《つて》を持っていることは、八重にとって好都合なのだから。だが、嫌な気はしなかった。むしろいじらしい。

初瀬の父も浪人だったので、八重の気持ちは痛いほどわかる。力になってやりたかった。

初瀬が見るところ、八重は一を聞いて十を知るという秀才ではないが、努力をいとわずこつこつ地道に積み上げていく性質《たち》である。奥勤めには、むしろそのほうが向いているのだ。

背後から聞こえた笑い声に、初瀬は思わず振り向いた。三人の筆子たちが、歩きながら話に夢中になっている。

菓子屋の娘のお園《その》は十三、小間物屋の娘のお梶《かじ》と呉服屋の娘のお多喜《たき》は共に十二。日本橋の室町《むろまち》にある店の規模が中堅どころという、似通った境遇の三人は、幼馴染ということもありとても仲が良い。

三人とも器量良しだが、その中でも一番のお多喜は色が抜けるように白く、目が大きくて派手な顔立ちだ。背も高くてすらりとしている。花にたとえるなら牡丹《ぼたん》というところだろうか。

お園は、くるくるとよく動く黒目勝ちの目が印象的な可愛《かわい》らしい顔。色白でぽっちゃりしているお梶は、下がり気味の目が優しげな雰囲気を醸《かも》し出している。

今日は花見ということで、裕福な商家の娘らしく、皆着飾っていた。八重も一張羅を着て来たようだが、その差は歴然としている。

最初は、己の昔の晴れ着を八重に貸してやるつもりだった初瀬だが、思案の末結局やめにした。かえって八重の気持ちを傷つけることになると考えたからだ。

初瀬自身も同じような経験があった。気にしてもどうしようもないことなのだから、せめて凛《りん》としていようと考えたことを思い出したのだ。

お園たちも、無論八重も、誰も悪くない。世の中には仕方がないことというものが存在する。

きっと八重は、自分なりに何か工夫して乗り越えるだろう。ぜひそうであってほしいと初瀬は強く思った。

†

満開の桜に覆われた墨堤は、まるで夢の国のようだった。初瀬と筆子たちは思わず足を止め、その美しさにほうっとため息をつく。

かつて江戸の桜と言えば、上野の寛永寺《かんえいじ》が有名であった。だが、将軍家の菩提寺《ぼだいじ》である寛永寺でのどんちゃん騒ぎはご法度。

だからというわけではないのだろうが、八代目の上様である吉宗《よしむね》公が、ここ墨堤、王子の飛鳥山《あすかやま》、品川の御殿山《ごてんやま》にたくさん桜を植えてくださった。そのおかげで人々は、今こうして花見を楽しむことができているのだ。

堤を歩きながら初瀬は政吉を探した。先に来て、場所取りをしてくれているはずなのだ。

「初瀬様！」

声がしたほうに目をやると、四間（約七・二メートル）ほど先の桜の下で、ゴザの上に座った政吉が手を振っている。手を振り返した初瀬は筆子たちに声をかけた。

ゴザの上には重箱が入った風呂敷包みが置かれている。政吉に礼を言って座った初瀬は、頭上を見上げて息を飲んだ。

二本の桜の木の枝がちょうど重なり合い、無数の桜の花でできた雲の下にいるようだ。筆子たちからも歓声が上がる。

良い場所を選んでくれた政吉の心遣いを、初瀬はつくづくありがたいと思った。その政吉は、弁当を一緒にという初瀬の誘いを断って帰って行った。

四段重ねの重箱の中身は、小鯛《こだい》の酢漬け、鰆《さわら》の味噌《みそ》漬けの焼き物、卵焼き、かまぼこ、豆腐の田楽。人参《にんじん》と大根、牛蒡《ごぼう》、干し椎茸《しいたけ》、竹の子、蕗《ふき》の煮しめ。わらびの卵とじ、たらの芽の天ぷら、青菜のごま和《あ》え。そして、赤飯、菜飯、梅干しを入れて海苔《のり》を巻いた、やや小ぶりの握り飯が詰められていた。

「あ、そうだ」と言いながら、お園が持っていた風呂敷包みを開けた。

「お師匠様、これをどうぞ。おとっつぁんが、召し上がってくださいって申しました。こっちは大《おお》お師匠様へのお土産です」

包みを開けると桜餅が現われた。

「桜餅と言えば長命寺《ちょうめいじ》だけど、うちの三幸堂《さんこうどう》のも召し上がってみてください」

「まあ、おいしそう。ありがとう。おとっつぁんに、よくお礼を言っておいてくださいね」

桜餅からは桜の葉の塩漬けのよい香りがしている。お園が桜餅の包みをもうひとつ取り出して八重の膝の上に置いた。

「はい、これは八重ちゃんの分。持って帰って、お母上や弟さんに食べてもらってね」

「あたしとお梶ちゃんのはないの？」

「お多喜ちゃんとお梶ちゃんは、しょっちゅううちに来て食べてるじゃないの」

「あ、そういえばそうだった」

お園とお梶、お多喜がころころと笑う。

「これやっぱりもらえないよ。悪いもの」

桜餅の包みを返そうとする八重の手を、お園はそっと押し返した。

「お家《うち》の皆で食べて。その代わり、誰かに三幸堂の桜餅のことを聞かれたら、とってもおいしいって言ってね」

「なあんだそういう魂胆《こんたん》か。八重ちゃん、遠慮することなんてないよ」

お多喜の言葉に、お梶も笑いながらうなずいた。

「ありがとう」

口元をほころばせながら、八重は頭を軽く下げた。初瀬はお園たちの気遣いにふと涙ぐみそうになって、あわててまばたきをした。

「さあいただきましょう」

それぞれが好きなものを皿に取る。料理をほおばった筆子たちが一様に目を丸くした。やがてうっとりした顔になり、ほうっとため息をつく。

お藤の作る物はとてもおいしい。だがそれは腕がいいからだけではなく、食する者への思いがこめられているからではないだろうか。筆子たちを見ながら、初瀬はそんなことを思った。

はじめは行儀よく料理を味わっていたお園たち三人組は、しばらくするとひそひそとしゃべりだした。もちろん今日は花見で無礼講だから、初瀬も叱ったりするつもりはない。

「そういえば、お静《しず》ちゃんが付文《つけぶみ》もらったって」

お園の言葉にお梶が身を乗り出した。

「えっ！　誰から？」

「それが教えてくれないんだ」

「あ、あたし、それ聞いたかもしれない」

「お多喜ちゃん！　誰！」

「教えて、教えて」

赤飯の握り飯を食べる手を止めて、お多喜が考え込む。

「……忘れちゃった」

一瞬顔を見合わせたお園とお梶が、「もうっ」と言いながら、お多喜の膝を軽くぶった。

「だって。皆寄るとそんな話ばっかりしてるんだもの。誰が誰にもらったか、いちいち覚えていられないよ」

「お多喜ちゃんったら、興味ないふりしちゃって」

「ふりなんかじゃないよ。あのね、お園ちゃん。他人《ひと》の付文なんて、どうでもよくない？」

「まあ、そう言われればそうかもしれない」

「お多喜ちゃん。ひょっとして誰かに付文をもらったの？」

「まさか、お梶ちゃん。もらったら、いの一番にあんたたちに話すにきまってるでしょ」

「そうだね」と言いながら、三人は笑った。

「それにあたしは、付文をもらったとしてもだめ。婿養子《むこようし》をとらなきゃならないんだもの。なんだかつまらない」

「でもね、お多喜ちゃん。ずっと生まれた家にいられるのって、あたしはうらやましいな。だって旦那《だんな》さんが浮気者だったり、お姑《しゅうとめ》さんが意地悪だったりするかもしれないもの」

「お梶ちゃんったら心配し過ぎ。よく調べて、ちょっとでも変な噂《うわさ》がある人のところへは嫁がないようにすれば大丈夫」

「あ、そうだね。さすがはお園ちゃん」

お梶がほっとした表情を見せる。お多喜がいたずらっぽく笑った。

「大奥へご奉公にあがって、玉の輿《こし》に乗ろうって人はやっぱり違うね」

「人聞きが悪いこと言わないでよ。あたしはね、頑張って三幸堂を大奥御用達《ごようたし》にしたいの！」

「じゃあ、箔《はく》がついて良縁が来ても断るのね」

「そんなもったいないことしな……あ」

「ほうら、やっぱりだ」

「口が滑っちゃったね、お園ちゃん」

「もうっ！　ふたりとも！」

こらえきれずに八重が吹き出し、四人の筆子たちは笑い転げた。その屈託《くったく》のない笑顔……。

八重の覚悟はここへ来る途中で聞いたが、何不自由なく育ったお園たちにも持って生まれた定めがある。商家の娘として嫁ぎ、あるいは婿をとり、店を守って行かなければならないのだ。

店や奉公人のことに気を配りつつ、舅《しゅうと》、姑、夫に仕え、子を産んで育てねばならない。なかなか苦労の多い暮らしを送ることになろう。

友だちと笑い合って気楽に過ごすことができるのは、あと数年しかないのだ。この貴重ないとしい日々の記憶が、この先辛《つら》い思いをするときに、きっと心の支えになるに違いない。

私も、あの頃が一番楽しく幸せであったかもしれない……。筆子たちの行く末を思いながら、初瀬は感慨にふけった。

†

桜の下で食べる桜餅はまたひとしおだ。お園の言う通り三幸堂の桜餅は、長命寺のそれに負けないくらい美味だった。

『三幸』というのは三つの幸せだろう。それらが何なのかお園に聞いてみたいと思いながら、やはり初瀬は言い出せないでいた。

最初は少し遠慮がちだったお園とお梶、お多喜も、身振り手振りを交えて話に熱中している。食べたりしゃべったりで大忙しだ。

八重はもっぱら聞き役だが、もちろん仲間はずれにされているわけではない。皆の輪の中にきちんと入っている。

初瀬だけが輪から外れている。誰も話しかけてくれないからだ。しかし、自分から中に飛び込んでいく勇気はない。

無視されることはさすがにないだろう。だが場の雰囲気《ふんいき》が損なわれ、皆が黙りがちになることは目に見えていた。

今日は誘われたから花見に来ただけで、筆子たちはまだ初瀬に心を開いていないのだ。師匠である初瀬には失礼にならぬように接するが、決してそれ以上のことはしない。

これが大人だったら、もう少しおべっかも使ってくれるのだろう。幼いがゆえの残《ざん》酷《こく》さとでもいうのだろうか。子どもは容赦《ようしゃ》がなかった。

花見の席ならば打ち解けてくれるかもしれないと期待したのだが、考えが甘かったようだ。情けないし寂しいが、我慢するしかない……。

「あ、お駒《こま》ちゃん！」

「許婚《いいなずけ》の徳太郎《とくたろう》さんも一緒だ！」

お園たち三人が、桜を眺めながらこちらにやって来る若い男女のところへ駆けて行く。どうやら知り合いらしい。笑顔で何事か話したのち、また三人は急いで戻って来た。

「お師匠様。一緒にお花見をしようって、知り合いが誘ってくれたんです」

お園の言葉に初瀬は笑顔でうなずいた。

「せっかくだからお行きなさい。ここはもうお開きにしましょう」

筆子たちはてきぱきと片付けをし、風呂敷包みとゴザは、心花堂まで八重が運ぶことになった。

「ごめんね、八重ちゃん。荷物を押し付けちゃって」

「気にしないで、お梶ちゃん。重くないから」

「今日はどうもありがとうございました。とても楽しゅうございました」

神妙にあいさつをし、お園とお梶、お多喜は去って行った。

「考えてみると食べてばかりでしたね。そのあたりを少し歩いて桜を見てから帰ることにいたしましょう」

「はい」とうなずく八重の手からゴザを取り、小脇に抱えて初瀬は歩き出した。

3

四半刻《しはんとき》（約三十分）ほどそぞろ歩いて桜を堪能《たんのう》した初瀬は、そろそろ帰ることにした。美しいものを見たせいか、心がすっきりして元気になった。真剣に向き合えば、筆子たちもいつか心を開いてくれるだろう。

八重と途中で茶店に寄って団子でも食べよう。風呂敷包みを運んでもらうお駄賃《だちん》は何がよいだろう。

気ばたらきのできるお藤のことだ。きっと弁当を作るときに、筆子たちに持たせる折詰《おりづめ》も用意したに違いない。もし何もなければ、政吉にいなりずしでも買ってきてもらえばいい。

後方で、突然女たちの悲鳴と男の怒号が上がった。人々が一斉《いっせい》に振り向く。何が起きているのか確かめようというのか、あわてて走って行く者もいた。

おおかた酔っ払い同士の喧嘩《けんか》だろう。巻き込まれて怪我《けが》でもしたらつまらない。初瀬は八重を促し再び足を進めた。

「お園ちゃん！」

あれはお梶とお多喜の声だ。思わず八重と顔を見合わせた初瀬は、次の瞬間踵《きびす》を返して走り出す。

十間（約十八メートル）ほど先の桜の木の下に人だかりがあった。人々をかき分け前に出た初瀬は、叫びそうになり口を手で押さえた。

地面にはいつくばるお園の前に、二十五くらいの侍が立っている。身なりからして浪人だと思われた。

顔が赤い上に足元がふらふらしている。かなり酒を飲んでいるのだろう。

「申し訳ございません！　どうか、どうかお許しくださいませ！」

お園が必死に叫ぶ。下卑《げび》た笑みが浪人の頬に浮かんだ。

「お前は俺の顔を見て笑った。俺は辱《はずかし》められたのだぞ。絶対に許さぬ」

お園がそのようなことをするはずはない。おそらく言いがかりだ。しかし相手は酔っ払っている。

どうしよう……。初瀬はあたりを見回したが、あいにく助けてくれそうな者はいない。浪人の仲間らしき侍が三人、腕組みをして後ろのほうでにやにやしながら立っているのが目に入った。

止める気はまったくないどころか、面白がっているらしい。類は友を呼ぶとはよく言ったものだ。

意を決して、初瀬はお園の元へ走り寄った。

「お師匠様！」

泣きながらすがりつこうとするお園を制し、初瀬は土下座をした。額を地面にすりつける。

「申し訳ございませぬ。この者の粗相は私がきつく叱りおきますゆえ。この場は何とぞ私に免じてお許しくださいませ」

あわててお園が初瀬にならって頭を下げた。

「お前は何者だ」

「手習い所の師匠にございます」

「許さん。師匠だろうが何だろうが俺は許さんぞ」

男の息が非常に酒臭い。初瀬の目の端に、泣きながらこちらを見ているお梶とお多喜、そして泣くまいとくちびるをかみしめている八重の姿が映った。

やはりまったく話が通じない。男を説得するのは無理なようだ。いったいどうすればよいだろう。

お園が震えている。初瀬は頭を下げたままそっとお園の手を握った。男がゆっくり身体を揺らしながらぶつぶつとつぶやく。

「所詮《しょせん》は金ということよの。食い詰め浪人など真っ平御免。おぬしの申したいことはようわかった。だから俺は女が嫌いなのだ……」

男が突然怒鳴った。

「絶対に許さんぞ！　斬《き》ってくれるわ！」

初瀬とお園は驚いて顔を上げた。男が刀を抜き放つ。人々の間からどよめきが上がった。

「お待ちください！　どうかご容赦を！」

「おい！　よせ！　やめろ！」

初瀬の必死の嘆願にも、仲間の狼狽《ろうばい》した叫びにも耳を貸さず、男は刀を振りかぶった。「ひっ」という声がお園の口から漏《も》れ出る。

だめだ。この男は本気だ。初瀬は意を決した。

「逃げなさい」

初瀬のささやきに、お園は「えっ」と小さく声を上げた。

「いいから逃げるのです」

厳しい口調に気圧《けお》され、お園がすばやく身体を起こして右手方向に走る。一瞬視線を泳がせた男の顔に、初瀬は思いきりゴザを叩《たた》きつけた。

男に体当たりをしようとした初瀬は、足を蹴《け》られて横ざまに倒れた。男が咆哮《ほうこう》しながら刀を振り下ろす。

懐剣を握りしめた初瀬は、迫りくる銀色の光芒《こうぼう》を為《な》す術《すべ》もなく眺めた。人は存外簡単に死ぬものなのだ……。

突然黒い固まりが動いたかと思うと、カン！　という音とともに刀が逸《そ》れた。黒の巻羽織《まきばおり》に利休茶《りきゅうちゃ》色の縞《しま》の着物。町方同心《まちかたどうしん》が十手《じって》で刀を払ったのだ。同心は、十手で男の頭を容赦なく殴りつけた。男は刀を手から放し、頭を抱えてうずくまる。

「無茶をしやがる」

振り向きざまに同心が言った。日に焼けていて背が高い。かなりの美男だが、涼やかな目に、皮肉っぽくゆがめられたくちびるがそぐわなかった。

「お師匠様！」

お園が抱きついてくる。顔が涙だらけだ。他の筆子たちも駆け寄ってきた。

「お師匠様ってのは……その様子じゃ、歌舞音曲《かぶおんぎょく》じゃなさそうだな。女筆指南ってところか？　まあ、筆子を助けようとしたんだろうが、俺が見廻《みまわ》りにやって来なかったら、間違いなく死んでたぜ」

そんなことは百も承知だが、ああするよりほかなかったのだ。お園が助かってよかった。そして自分も死なずにすんでよかった。

お園が泣きじゃくりながら震えている。無理もないこと……。いや、違う。震えているのは私のほうだ。

こわかった。本当は私だってこわかった。逃げ出したかった。でも、できなかった。お園を死なせたくなかったから。お園が斬られるくらいなら、自分が死んだほうがましだと、あのとき確かに初瀬は思ったのだ。

よかった。助かってよかった。この同心のおかげだ。そうだ。お礼を言わなくては。

お園をそっと押しやった初瀬は、地面に両手をつかえて深々と頭を下げた。

「お助けいただき、まことにありがとうございました。このご恩は一生忘れませぬ」

「礼にはおよばねえよ。役儀だからな。間に合ってよかった。それより、話を聞かなきゃならねえ。自身番へ来てもらおうか。その筆子も一緒にな」

「はい」と言って立ち上がろうとした初瀬は激痛にうめいた。右の脛《すね》を押さえてうずくまる。

「どれどれ、見せてみな」

「あ、いえ。大事ありませぬ」

遠慮する初瀬にかまわず、同心は着物の裾《すそ》をめくった。

「恥ずかしがる歳じゃねえだろう……ああ、こりゃ、派手に蹴られたな。骨は折れていないが動かさねえほうがいい。おい、伍平《ごへい》。その男のことはいいから、駕籠《かご》を呼んで来てくれ」

浪人を見張っていた、手先らしい四十がらみの小太りの男が走り出す。

「おい、多聞《たもん》。何かあったのか」

同僚らしき同心が現われた。側に男がひかえている。こちらも手先だと思われた。

「ああ。この男が女たちを斬ろうとしたのだ。間一髪で俺が助けた」

「ほう。かなり酒臭いな。酔っ払いか。馬鹿なやつだ」

「俺は番屋でこの者たちに話を聞く。駿介《しゅんすけ》は男のほうを頼む」

「わかった。牢《ろう》に放《ほう》り込んで、酔いがさめたらたっぷりしぼってやろう」

「お師匠様」

お園が小声でささやく。

「この同心、『その様子じゃ、歌舞音曲じゃなさそうだな』とか、『恥ずかしがる歳じゃねえだろう』とか、さっきからお師匠様にずいぶん失礼なことばかり言っていて、あたしはずっと腹が立っているんです」

お園に言われて初めて気がついた。それだけ気が動転していたということなのだろう。

確かに考えてみればかなり無礼な物言いで、初瀬は今さらながらむっとした。しかしここはこらえなければならない。そしらぬ顔をしておこう。

「これこれ。命の恩人に、滅多なことを言うものではありませんよ」

「あたしの命の恩人はお師匠様です」

お園は口をとがらせながら多聞を軽くにらんだ。

†

初瀬と筆子たちは、自身番の三畳の間に上がった。通りすがりにちらりと中をのぞくくらいであった自身番で、同心に物を尋ねられることになろうとは思いもしなかった初瀬である。

足がずきずきと痛む。だいぶ腫《は》れてきたようだ。初瀬は小さくため息をつきながら、番人がいれてくれた茶を飲んだ。

思いがけず喉《のど》が渇《かわ》いていて驚く。高価な茶葉など使っておらぬであろうに、とてもおいしく感じられた。

筆子たちがひそひそと言葉を交わす。書き役用の机についた多聞が、こほんと咳払いをした。

「俺は朝比奈《あさひな》多聞。南町の定町廻《じょうまちまわ》りだ。まずは名と所を聞かせてもらおうか」

筆を走らせる多聞に何気なく目をやった初瀬は眉をひそめた。とんでもない悪筆だったのである。

どうやら筆子たちも気がついたらしく、肘《ひじ》でお互いの脇腹をつつき合っている。初瀬は目くばせをし、小さくかぶりを振っていさめた。

「字なんてものはな、読めりゃいいんだ」

目も上げずに言った多聞に、筆子たちがくすくすと笑う。初瀬は口が悪い同心の意外な弱みを握った気がして、ついにやりと笑いそうになってしまうのを我慢した。

「ではお園。散々怖い思いをしたんだ。一刻も早く忘れちまいたいだろうが、こっちもお役目でな。すまねえが事のあらましを話してくれ」

「はい」と返事をしたお園の手を、両側からお梶とお多喜がそっと握る。お園は少しの間逡巡《しゅんじゅん》していたが、やがて大きく息を吸うと、意を決したかのように口を開いた。

「友だちとのお花見がお開きになって、お梶ちゃんとお多喜ちゃんと一緒に帰る途中で忘れ物をしたことに気がついて。まだ二町（約二百十八メートル）ほどしか歩いていなかったので、あたしだけ戻ったんです」

「何を忘れたんだ？」

「手ぬぐいです」

お園は懐《ふところ》から手ぬぐいを取り出した。白地に桜色で、舞い散る桜の花びらが染められている。

「この手ぬぐいはお梶ちゃんからもらった三人お揃《そろ》いの大切な物だから、見つからなかったらどうしようって思ったんですけど、誰かが桜の枝の目立つところに引っかけてくれていました。それですぐ戻って、お梶ちゃんとお多喜ちゃんに手ぬぐいを振りながら『あったよ！』って叫んで、『よかったね、お園ちゃん！』って言ってもらって。それからふたりのところへ走って行こうとしたら、あのお侍に『待て！』って止められました」

お園が茶をひと口飲んだ。

「びっくりして立ち止まったら、腕をつかまれてすぐ側の桜の木の下に連れて行かれました。『なぜ、俺の顔を見て笑った』と急に怒り出して、一生懸命申し開きをしたんですけどわかってもらえませんでした。今度は謝れって言われたから土下座をしました。でも結局全然許してくれないので、困っていたところへお師匠様が助けに来てくれたんです」

そういう経緯《いきさつ》だったのかと初瀬は思った。だがなぜ浪人はお園に因縁《いんねん》をつけたのだろう。

それからあとは初瀬も知っている通りだった。初瀬も同様に話を聞かれたが、お園と同じ内容を繰り返すこととなった。

「思った通り、お園には何の落ち度もねえな」

「どうしてあの男はお園に因縁をつけたのでしょうか」

初瀬の問いに、多聞はもったいぶって腕組みをした。

「おそらくあいつは女にふられたんだろう。むしゃくしゃしてやけ酒を飲んで悪酔いをした。そこへお園が現われた。お園がその女に似ていたか、あるいはその女の名がたまたまお園だったか。まあそんなところだろうよ」

初瀬と筆子たちは「ええっ！」と声を上げた。たったそれだけのことで、あの男は人の命を奪おうとしたのか……。

「武士どころか、人の風上にも置けない手合いが近頃は多くてな。殺されたほうはまさに犬死にだ。ふたりとも助かってほんとうによかった……」

4

浪人に蹴られた初瀬の脛は、翌日にはさらに腫れがひどくなった。医者に三日ほど安静にせよと言われたので、初瀬は心花堂を休みにすることにした。お園は元気がないらしい。

お園の母親が見舞いに訪れ、娘の命を救ってもらった礼を述べた。

夜はうなされてよく眠れないし、昼間はふさぎ込んだりぼうっとしたりしているそうだ。お梶とお多喜が気晴らしに外出に誘っても、気がのらないということだった。無理もない。もう少しで命を落とすところだったのだから。三幸堂まで行ってお園に言葉をかけてやりたいが、この足ではどうにも動けぬ。初瀬ははがゆかった。

四日目にはだいぶ腫れがましになったので、床から出て歩いてみた。最初は痛みで声を上げそうになったが、そろそろとなら何とか動ける。

壁やふすまを伝いながら縁に出た。今日はいいお天気だ。横座りに足を投げ出し、すっかり春めいた庭の様子に初瀬は目を細めた。

廊下をお藤がやって来る。

「初瀬様。朝比奈様とおっしゃる南町の同心がおみえになりました」

何の用事だろう。とにかく寝間着に綿入りの袖無《そでな》し羽織という格好で会うわけにはいかない。着替えなければ。

「では客間にお通しし――」

「勝手に庭へ回らせてもらったぜ」

いきなり現われた多聞に驚いて、初瀬とお藤は顔を見合わせた。多聞がさっさと縁に腰を掛ける。

「怪我の具合はどうだい？　まあ、寝間からここまで歩いて来られたようだから、それなりに良くなってるってことだな」

あわてて初瀬は寝間着の襟元を直し、正座をしようとして激痛にうめいた。

「ああ、そのまま、そのまま」

多聞の言葉に初瀬は思わずうつむいた。頬が熱い。

「いや。だから、恥ずかしがる歳でもないだろう」

お藤が「まあ」とつぶやいた。相変わらず失礼な物言いをする男だ。むかっ腹が立った初瀬は、横座りのまま背筋を伸ばした。

「ご用向きは何でしょう」

我ながら声が尖《とが》っているのが感じられたが、多聞は気にする様子もない。

「ああ。例の浪人がお園に因縁をつけた理由《わけ》がわかったんだ」

お藤が一礼して奥へ戻って行った。茶をいれて来るつもりなのだろう。

「男はつい最近女子にふられた。早い話が、食い詰め浪人は御免ということらしい。そしてお園が持っていた手ぬぐい。あれと同じ物をねだられて女に買ってやっていたものだから、見たとたん頭がかっとなったというわけだ」

「お園は、お梶とお多喜に向かって手ぬぐいを振ったと申しておりましたが、もしそれをしなければああいうことにはならなかったのですね」

「おそらくな。調べてみると付き合っていた女というのが、性悪《しょうわる》なやつだということがわかった。浪人が初心《うぶ》なのをよいことに、なけなしの金をしぼり取っていたようなのだ。あの男がやったことは許されることではないが、まあ同情の余地があるとも言えるな」

「そのような仔細《しさい》があったのですか……」

「元々は気の小さい男なのだ。もう金輪際《こんりんざい》酒は飲まぬし刀も捨てると、泣きながら申しておった」

「誰も死んでおらぬのですから何もそこまでせずとも」

「己が恐ろしゅうなったのだとさ。刀など持たぬに限る。あと、刀を売り払って治療代に充《あ》てる心づもりのようだ。酒に酔って人を傷つけたら、入牢《じゅろう》の上銀一枚を治療代として払わなきゃならねえからな」

「そんな……。私の足なら、膏薬《こうやく》を貼って養生すれば治ると医者にも言われておるのです。銀一枚もの大金など必要ありませぬ」

「気持ちはわかるが罪は罪だ。決まりを曲げるわけにはいかねえよ」

それではあまりにも気の毒だ。何か良い方法はないだろうか……。ああ、そうだ。

「では、刀を捨て新しい一歩を踏み出すはなむけとして、私からその男に銀一枚を贈ります。これならよろしいでしょう」

多聞がからからと笑い、手で膝を打つ。

「こりゃあいい考えだ。さすがは女筆指南のお師匠様だけのことはある。俺も負けてはいられない。あいつの働き口でも探してやるとするか」

「はい。ぜひともお願いいたします」

お藤が茶と豆大福を運んできた。茶をひと口飲んだ多聞が「うまい」と言いながら目を丸くする。初瀬はくすりと笑った。

心配だったのだ。

†

花見から八日目、初瀬は心花堂を再開した。まだ正座はできないが、お園のことが心配だったのだ。お梶とお多喜に両側から支えられるようにして、お園がやって来た。その余りのやつれ様に初瀬は内心驚いたが平静を装った。

天神机を横一列に並べ、向かって右からお多喜、お園、お梶、八重の順に座っている。手習いを始めたものの、お園はどこか上の空だった。大人の初瀬でさえ、たいそう恐ろしかったのだ。お園が恐怖に囚われているのは当然のことだった。

何とかお園を救い出してやりたいと初瀬は思っていた。乗り越える必要はない。己の心に折り合いがつけば、人は新たな一歩を踏み出せるものなのだ。

折り合いのつけ方は人それぞれだが、初瀬はお園との付き合いがまだ浅い。お園の様子を見ながらやってみるしかなかった。

「四日ほど前、南町の朝比奈様が訪ねて来られました」

初瀬の言葉に、筆子たちが一斉に顔を上げる。

「あの浪人がお園に因縁をつけた理由《わけ》がわかったのです」

初瀬はお園にうなずいてみせた。

「つい最近、食い詰め浪人は嫌だと女子にふられたそうです。お園が持っていた手ぬぐいと同じ物を、たまたまねだられてその女子に買ってやっていたため、手ぬぐいを見た途端、頭に血が上ってしまったとのことです」

「えっ！　じゃあお梶ちゃんやあたしも、お園ちゃんと同じ目にあってたかもしれないんだよね」

お多喜に「うん」と返事をしてからお梶が言った。

「それにあの手ぬぐいは今年の新柄で、うちだけじゃなく、どこの店でもよく売れているっておとっつぁんが言ってました。だからすごくたくさんの人が、あの手ぬぐいを持ってると思います」

「まあ。それでは、あの日墨堤でお花見をしていた人たちのうちの何十人もが、同じ手ぬぐいを持っていたのかもしれませんね」

「あたしは特別じゃなかったんだ……」

「そうですよ。あの手ぬぐいを持っていた人は誰でも、あの浪人に因縁をつけられるおそれがあったのです」

自分だけではないということがわかれば、恐怖も薄まるのかもしれない。そうであってほしいと初瀬は思った。

「それに決してかばうわけではないのですが、付き合っていた女子というのが、浪人が初心なのをよいことに、なけなしの金をしぼり取るような性悪だったというのです」

「きっと好きだから無理して貢《みつ》いだんだね。それをだまされて捨てられたんじゃ腹も立つよ。一番悪いのはその性悪女だ。何だかかわいそうになってきちゃった……あ、ごめんね。お園ちゃん」

ぺこりと頭を下げるお多喜に、お園は微笑みながらかぶりを振った。

「いいのよ、お多喜ちゃん。あたしだって同情しちゃったもの」

「元々気の小さい人なのですって。あのようなことをしでかした己が恐ろしい。もう酒は飲まないし、刀も捨てると泣いたそうです」

皆が「ええっ！」と声を上げた。

「八重ちゃん。刀を捨てるのって、お侍にとってすごく大変なことなんだよね」

お園の言葉に八重がうなずく。

「思い切ったっていうか、よっぽどの覚悟っていうか……。とにかく尋常じゃないよ。きっとすごく悔いたんだと思う」

「お師匠様。あたしがそんなことしなくていいですって言ったら、あの人は思いとどまるでしょうか」

思い詰めた様子のお園に、初瀬は優しい笑みを浮かべた。

「実は私も、お園と同じようなことを考えたのです。でも朝比奈様に止められてしまいました。本人が考えて決めたことだからそっとしておきましょう。罪を犯したのは確かなのですから」

「はい」と答えたものの、お園はまだ得心がゆかぬようだ。

「『罪を憎んで人を憎まず』というのは、罪はきちんと憎むべきだということでもあると思います。同情のあまり目が曇ってはなりませぬ。お園も私も命を落とすところだったのだから、責めを感じる必要はないのです」

こくりとお園がうなずく。

「あの浪人もあれほど酔うていなければ、おそらく刀を抜くこともなかった。此度《こたび》のことはお酒が招いたとも言えます。お酒は時に人の行く末をも変えてしまうことがあるのだということを、忘れないようにいたしましょう」

筆子たちが真剣な顔で「はい」と答えた。

「そしてお園。そなたは大奥でご奉公したいと申しておりましたね。大奥はもちろん、武家奉公は取り返しのつかぬ粗相をすれば、問答無用でお手討ちになることもあるのです。それがいかに恐ろしいことであるか、今のお園ならばようわかるでしょう。斬られそうになったのは大変不幸せですが、将来のお勤めにはきっと役に立ちます」

「じゃあ、無理に忘れなくてもかまわないのですね」

「ええ。むしろ覚えておいたほうがよいと思います」

お園が笑顔になった。

「皆に、そんなことはもう忘れちまいなって言われて……あ、もちろん心配してくれてのことで……。そうしようとしたんですけどちっともうまくいかなくて。あのことで頭が一杯になってしまって、毎日すごくこわかったんです。でもお師匠様のお話を聞いたら、何だか気が楽になりました」

そういうことだったのか。お園が悩んでいた訳を知って初瀬は少なからず驚いた。これですっかり解決するとは限らないが、立ち直るきっかけにはなるだろう。

お園ときちんと向き合うことができてほんとうによかった……。初瀬はまだ痛む足をそっとさすった。

第二話　いずみ屋

1

弥生《やよい》も二十五日になると日ざしにふと初夏の趣《おもむき》が感じられる。時折頬《ほお》をなでる風が心地よかった。

初瀬《はつせ》が心花堂《こはなどう》を引き継いでから、五のつく日は休みにしている。八重《やえ》以外の筆子《ふでこ》たちは、踊りや琴《こと》などの習い事にも通っていた。

芸事を身につければ良縁に恵まれると考えての親心である。だが当の子どもらは、忙しくて友だちと遊ぶ暇もないと嘆いていた。

男ならば大人になっても幼馴染《おさななじみ》と酒を酌《く》み交《か》わすこともできるが、女子は嫁いでしまえば気軽に出歩くわけにもいかない。なかなか友人に会うことはかなわぬもの。だから今のうちに思う存分遊べばよいと初瀬は思う。それゆえの月に三日の休みなのだった。

初瀬もほっと一息つくことができる。まだまだ手習い所《どころ》の師匠《ししょう》に慣れていない今の初瀬にはありがたい休日であった。

休みのうちの一日は両親の墓参りに行く。他の日は筆子たちに教える物の準備に充《あ》てることもあれば、今日のように気晴らしに外出をすることもあった。

心に余裕が生まれたせいか、少し悩み事が減ったように思われる。誰《だれ》にも言えぬが、今や休みの日が待ち遠しくてたまらない初瀬なのだった。今日は浅草寺《せんそうじ》に詣《もう》で、写し絵を見た後買い物をするつもりである。

せっせと歩くうちにうっすら汗ばんできた。ついこの間まで綿入れを着ていたのが嘘《うそ》のようだ。初瀬は足を止め、ひと息入れた。

青々と生い茂る木々の葉が、夏はもうすぐだと告げている。あらためて季節の移ろいを感じた。

買い物なら、日本橋のほうが店も多いし品数も豊富なのだがどうも気が進まない。心花堂を辞めていった筆子の大部分が、日本橋に店を構える商家の娘であったからだ。

そういえばお園《その》たちも欲しい物があるときは、わざわざ浅草まで出かけると言っていた。日本橋は知り合いが多過ぎて息が詰まるらしい。

誰か彼かがご注進におよぶらしく、どこで何をしたかが親に筒抜《つつぬ》けなのも嫌だと愚痴っていた。少し大げさに言ったのかもしれぬがありそうなことだ。

相手に悪気はないのだろうが、秘密を持ちたい年頃《としごろ》である。何かと煙たい日本橋を避けるのは初瀬にも理解できた。

†

写し絵は、南蛮《なんばん》渡来の幻灯機《げんとうき》を改良した桐《きり》製の『風呂《ふろ》』を用いる。動く絵と語りと音曲《おんぎょく》で構成される日本独自の芸能であった。

四十年ほど前の享和《きょうわ》三年（一八〇三）、三笑亭都楽《さんしょうていとらく》という男が、神楽坂《かぐらざか》の茶屋で写してみせたのが写し絵の始まりとされている。描《か》いた絵が動いて芝居《しばい》をすることに、人々は驚き夢中になった。

写し絵は人気の興行である。百人ほどがぎゅうぎゅう詰めで座り、始まるのを今か今かと待っていた。

舞台には、縦三尺《しゃく》（約九十センチメートル）横六尺ほどの大きさの白い美濃《みの》和紙が張られている。舞台の上には語り手と鳴り物がいた。

初瀬の隣に座っている十六くらいの娘が、連れの若い男に尋《たず》ねた。

「ねえ、写し絵ってどういう仕組みなの」

十八くらいに見える男が、待ってましたとばかりに答える。

「風呂の中の油皿には、菜種《なたね》油を入れてある。それに灯心を立てて、火をともす。桐は火に強くて軽いから、写し絵師たちは胸の前に風呂を抱えて自在に動くことができるんだぜ。何人かで受け持ってるんだ。いくつかの部分が合わさってひとつの絵になるってこと」

「長吉《ちょうきち》さんって物知りなんだね」

「いや、別に。それほどでもねえよ」

言葉とは裏腹に長吉は小鼻をふくらませ、得意げな顔でにまっと笑った。いいところを見せたくて、あらかじめ調べていたのかもしれない。初瀬は微笑《ほほえ》ましく思った。

やがて場内が暗くなり、人々が静まり返った。写し絵の始まりだ。

白い和紙の中央にだるまが描かれた掛軸が現われる。やがてだるまが掛軸から抜け出してしまった。

だるまは掛軸の中でじっとしているのは退屈だと嘆く。そして拍子木《ひょうしぎ》が鳴ると同時に右手がはえた。次の拍子木では左足、その次は右足、最後に左手もはえる。

拍子木に合わせて手や足がはえたり引っ込んだり。やがてとうとうだるまは扇子《せんす》を持って踊り出した。

だるまが引っ込んだ後は、花火の打ち上げが写し出される。

「どうして絵が動くの？」

連れの女子《おなご》が長吉にささやく。

「絵は、『種板《たねいた》』という小さくて薄いビードロの板に、絵の具で描かれてる。少しずつ違う絵を何枚か描いてそれを順に送ったり、二枚の絵を組み合わせたり、絵の一部を隠したり戻したりして動かしてるんだってさ」

そのような仕組みになっていたのか……。初瀬はひそかに感心した。

†

写し絵を見終わって小屋を出た初瀬は、外のまぶしさに目を細めた。なかなかに面白かった。さて、昼餉《ひるげ》は何にしようか。

「お師匠様！」

振り返るとお園、お梶《かじ》、お多喜《たき》がにこにこしながらぺこりと礼をした。どうやら皆で写し絵を見ていたらしい。

ああ、そうだ。ひとりで食べるのも寂しいから誘ってみよう。

「ご馳走《ちそう》してあげるから、昼餉を一緒に食べましょう」

三人の顔がぱっと輝き、「ありがとうございます」と言いながら頭を下げた。己が声をかけておきながら、初瀬は筆子たちが承知したことに「えっ」と思わず声を上げそうになった。

驚きのあとは喜びがじわりと広がる。以前なら断られてしまっただろう。それにまず、向こうから初瀬に声をかけることなど有り得なかったはず。もしやこれは筆子たちが少し心を開いてくれた証《あかし》であろうか。初瀬は素直にうれしかった。

近くの店に入ると、時分時には少し早いので中は空《す》いている。初瀬は菜飯《なめし》と豆腐田楽《とうふでんがく》を四人前注文した。

菜飯は、湯通ししたのち細かく切って塩を加え焙烙《ほうろく》で炒《い》った大根葉を、炊《た》きたての飯に混ぜ込んである。豆腐田楽には木の芽味噌《みそ》がかかっていた。

初瀬はまず菜飯を口にした。塩味の加減が絶妙で、見た目に似つかわしいさっぱりとした味わいが好もしい。

次に豆腐田楽の串《くし》を持ち一口かじる。口の中一杯に広がる木の芽の香りと、甘辛《あまから》い味噌が醸《かも》し出す幸せを初瀬はうっとりと味わった。

筆子たちも、「おいしい」を連発しながら旺盛《おうせい》な食欲を見せている。朝餉が早かったのでかなり空腹であるらしかった。

「せっかくのお休みなので、早起きして見世物小屋も回って来たんです」

お園の言葉に初瀬は小首をかしげた。

「見世物小屋も私はずいぶん長らく行っていないのですが、面白いものがありましたか？」

「軽業《かるわざ》と曲独楽《きょくごま》もすごかったし、からくりと生き人形にはびっくりしてしまいました。それから相撲《すもう》取りみたいな大女がいて、碁盤《ごばん》を振ってろうそくの火を消したり、板の上に米俵《こめだわら》を三つも載せて持ち上げたりしたのが、あたしは一番面白かったです」

「あたしも、あの女の人には感心しちゃった」

うなずくお梶に、お多喜がいたずらっぽく笑う。

「双頭の蛇がいたのに、蛇って聞いただけで、お梶ちゃんったら血の気が引いて半泣きになっちまったんですよ。だから、見るのはやめにしたんです」

「お多喜ちゃんだって嫌だったくせに。あたしのせいばっかりにしてずるい」

「あたしは平気だったもん」

お園がくすくすと笑う。

「お多喜ちゃんも顔色が悪かったよ」

「そういうお園ちゃんはどうなのよ」

「あたしも蛇は苦手」

「お師匠様は？」

お多喜に話をふられて、初瀬の心の臓がとくんと跳ねた。今日は話の仲間に入れてもらえるらしい。

「ええと……」

声が少し上ずってしまったので、初瀬は、口の中の田楽を飲み込むふりをしてごまかした。

「小さい頃、草むらで大きな蛇に出くわして泣いてしまったことがありました。一緒にいた男の子が追い払ってくれたのですが、随分《ずいぶん》怖い思いをしました。あれ以来、私も蛇は不得手です」

「その男の子って誰ですか？」

興味津々《しんしん》という様子でお多喜が尋ねる。

「近所にあった、医者の家の子です」

「お師匠様の、幼馴染ですね」

お梶がにっこり笑う。

『蛇は行ってしもうたぞ。もう泣くな、初瀬』

亮俊《りようしゆん》の声が耳によみがえる。初瀬の胸がちくりと痛んだ。もはやこの世におらぬ者のことを思うても仕様がない。初瀬はわざと明るい声を出した。

「買い物はしないのですか？」

三人が顔を見合わせ、わっと笑う。

「もちろんします。一番の楽しみですから」

ああ、そうだ。この子たちに聞いてみよう。

「伯母上《おばうえ》に、おいしい菓子を土産《みやげ》に買おうと思うておるのですが、何か良い物はありますか？」

「万寿庵《まんじゅあん》の羽二重《はぶたえ》餅《もち》」

「錦屋《にしきや》の鹿《か》の子《こ》餅《もち》」

「三幸堂《さんこうどう》の草団子」

けろりと答えたお園に、初瀬は吹き出した。

「ちょっと、お園ちゃん」

「お師匠様は、そういう意味で聞いたんじゃないでしょ」

「三幸堂の娘としては、他の店のお菓子はおすすめできません」

初瀬はくすくす笑いながら言った。

「わかりました。三幸堂の草団子も、今度また買いに行きますね」

「ありがとうございます！　お師匠様が買いに来られたら、おまけするようにって言

って おきます」

2

　筆子たちと別れた初瀬は、万寿庵で羽二重餅を買い、鹿の子餅を買うために錦屋へ向かった。どちらか片方にしようと思ったものの、両方ともおいしそうに思えて、選ぶことができなかったのだ。

　初瀬は、子どもの頃から甘い物には目がなかった。気分が沈んでいるときに甘い物を食べると元気が出るので、近頃はとみに甘味の出番が多い。久乃《ひさの》への土産というのはどちらかというと口実で、初瀬が食べたいから買って帰るというのが本音であった。

　鹿の子餅を五つ包んでもらい、初瀬は店を出た。家には、自分と久乃とお藤《ふじ》と政吉《まさきち》の四人しかいないが、『四』では数が悪い。病で倒れて日が浅い久乃が、縁起をかついで気にするかもしれない。

　我慢して初瀬がふたつ食べればすむ。恩ある伯母に、姪《めい》がそれぐらいのことをするのは当然だった。

　さあ、早く帰らねば。あまり遅くなって皆に心配をかけてはいけない。お藤においしい茶をいれてもらって、夕餉の前に羽二重餅と鹿の子餅を賞味しよう。

羽二重餅は、ふたつ折にした求肥《ぎゅうひ》の間に餡《あん》が入っている。鹿の子餅は、ようかんを餡で包み、周りに甘く煮た小豆《あずき》を貼《は》り付けてある。どちらの店も初めてなので、とても楽しみだった。

幸せな想像につい頬《ほお》がゆるむ。三十になるというのに、夫もおらず子もおらず。引き受けた手習い所も筆子が次々に辞めていき、残ったのはたったの四人。そのような情けない境遇にありながら、今は羽二重餅と鹿の子餅を食すことしか頭にない。我ながら能天気であきれてしまう。

顧みるとあたふたきりきりしていた頃は、筆子たちのこともおざなりになりがちだった。だからおそらく初瀬が機嫌よく菓子を食べることができれば、めぐりめぐって筆子たちにもよい影響があるということになるのだ。かわいい筆子たちのためだ。精一杯努力しよう。

「お師匠様！」

まるで悲鳴のような声に初瀬は振り返った。息を切らせたお多喜がべそをかいている。

「お梶ちゃんが……」

すがりつくお多喜の肩を抱き顔をのぞき込んだ初瀬は、はやる心を抑えて励《はげ》ますように言った。

「お梶がどうしたのです。きちんと話しなさい」

「盗みをしたとお店の人にいきなり腕をつかまれたんです」

「まさか。あのお梶がそんなことをするはずがないでしょう」

こくりとうなずくお多喜の目から、ぽろぽろと涙がこぼれ落ちる。

「でも、お梶ちゃんのたもとから簪《かんざし》が出てきてしまったので、番屋へ突き出すと言われました」

お梶はおとなしい性質《たち》で遠慮がちだ。いつもお園やお多喜の後ろにひかえている。そんなお梶が盗みなどという大それたことをするはずがない。

それなのにたもとから簪が見つかったという。これはいったいどういうことなのか。

しかし、今ここで考えている暇はない。初瀬の元へお多喜を走らせたのは、お園の判断だろう。

しっかり者のお園のことだ。初瀬が来るまで、何とかして時をかせいでいるに違いない。

だがぐずぐずしていては、お梶が番屋へ連れて行かれてしまう。そうなる前に、お梶の身の潔白を示さねばならなかった。

†

そこは間口が二間《けん》（約三・六メートル）ほどの小さな店だった。藍地《あいじ》に白く『いずみ屋』と染め抜かれた暖簾《のれん》をくぐる。

いずみ屋は小間物を商っているらしかった。櫛《くし》や簪、化粧品や飾紐《かざりひも》、袋物などが所狭しと並べられている。

「お師匠様！」

お園とお梶が安堵《あんど》の表情を見せた。お園は背にお梶をかばい、手代《てだい》らしき男と対峙《たいじ》している。

お梶は泣いていた。まぶたが赤い。かわいそうに……。初瀬はお梶を抱きしめてやりたかったが自重した。

他に客がいないのがせめてもの救いである。手代は三十前くらいだろうか。背がひょろ高く、細面《ほそおもて》でつり上がった目をしていた。

初瀬は男につかつかと歩み寄った。

「私は手習い所の師匠です。いったいこの子が何をしたのですか。仔細《しさい》をお聞かせ願いましょう」

　男が軽く会釈をする。

「手前はこの店の手代です。店番をしておりましたところ、このお嬢さんたちがやって来て品定めを始めた。何か買ってくださるのかと見ていると、こちらのお嬢さんのそぶりがどうもおかしい。店を出て行こうとされたので、呼び止めてたもとを改めさせてもらったら、この簪が出てきたんです」

　男が初瀬の鼻先に、赤い珊瑚玉《さんごだま》がついた簪を突き付けた。初瀬はまっすぐお梶の目を見ながら尋ねた。

「そなたは簪を盗みましたか？」

「いいえ！　盗《と》ってなんかいません！」

「では、どうしてたもとから簪が出てきたのです」

「わかりません。でもあたし、やってません」

　お梶の目からぽろぽろと涙がこぼれ落ちる。初瀬はお梶の肩にそっと手を置いた。

「わかりました。もう泣くのはおやめなさい」

　そして初瀬は男に向かって言い放った。

「聞いての通り、この子は盗んでおらぬと申しております」

「寝ぼけたことをおっしゃらないでくださいまし。盗っていないというのなら、どうしてたもとに簪が入っていたんです？」

言葉遣いは丁寧だが、男の声はあからさまな怒気をおびている。しかし、初瀬はひるまなかった。

「私は、筆子を信じます」

「お気持ちはわかりますが、こちらとしてはとても承服できませんよ。どちらが正しいか番屋で聞いてもらいましょう」

お梶の顔から血の気が引く。

「そなたは、この子が簪を盗んでたもとに入れるのを確かに見たのですね」

「……へえ」

男の応《こた》えに一瞬の間があいたことを、初瀬はいぶかしく思った。

「では、その通りにやってみてください」

まず男は、並べてある簪を手に取った。そしてしばらくためつすがめつしてから簪を握り込む。

初瀬は息を詰めてじっと男を見た。筆子たちも真剣な面持ちで見つめている。男の動作が止まった。ふて腐れたようにぷいと横を向く。

「あっ！」とお園が叫んだ。

「先に店に入ってた女のお客が、確かあたしたちの後ろを通って出て行きましたよね。もしかして、陰になってて、ちゃんと見えなかったんじゃないですか？」

男の目が泳いだ。すかさず初瀬は厳しい口調で尋ねた。

「そなた、この子がたもとに入れる瞬間を見てはいないのですね」

男がしぶしぶうなずいた。お梶が叫ぶように言う。

「それにあたしが見ていたのは、赤い瑪瑙《めのう》の瓢簞《ひょうたん》がついた簪です。ちゃんと元の場所に戻しました」

「でもこの珊瑚玉の簪は間違いなく、この子のたもとから出てきたんだ。盗ったに決まってらあ」

「出て行った女がこの子のたもとに入れたのです」

初瀬の言葉に男が目をむいた。

「そんな馬鹿な。なんのためにそんなことしたんだ」

「それは私にもわかりませぬ。しかしそう考えれば辻褄《つじつま》が合う。そしてそなたはそれを否定することはできないはず。だってちゃんと見ていないのですから」

「うっ」と言って男が黙り込む。もう一押しだ。胸に抱えていた菓子の包みがかさりと音を立てた。知らないうちに腕に力が入っていたらしい。

『三幸堂の娘としては、他の店のお菓子はおすすめできません』

これだ！　初瀬は思わず叫びそうになるのをこらえた。

「わかりました。ではそなたはどうしてこの子が簪を盗んだと思いますか」

筆子たちから「えっ」という声が上がった。男が勢いづいて答える。

「そりゃあ、欲しかったからに決まってるだろう」

「ふふふ」と初瀬は笑った。

「何がおかしいんだ」

「この子が盗るはずがありません。なぜならこの子は小間物屋の娘だからです。家に帰れば簪はたんとある。どれほど高価でも好きな物をよりどりみどり。この店で盗む必要がどこにあるのでしょう」

簡単な理屈だった。すぐに思いつかなかったのは、初瀬も動揺していたからだ。まだまだ修行が足らない。初瀬はそっとくちびるをかみしめた。

男の口から「ぐっ」という声が漏《も》れる。お園とお多喜が「やったあ」と小声で言うのを、初瀬は目顔でいさめた。

†

仲見世《なかみせ》の茶店に腰を下ろした初瀬は、団子をほおばりほっと一息をついた。砂糖きな粉の程よい甘さが、五臓六腑《ごぞうろっぷ》にしみわたる心地がする。

お園とお多喜もおいしそうに団子を口にしていた。硬い表情でうつむいているお梶に、初瀬は茶の入った湯飲み茶碗《ぢゃわん》を渡す。

湯飲み茶碗を両手で包み、お梶が大きく息を吐いた。

「とんだ災難でしたがよく頑張りましたね。お梶」

顔を上げたお梶に、初瀬は微笑みながらうなずいてみせる。

「お園もお多喜もお梶のためによく頑張りました」

お園とお多喜が照れ笑いを浮かべた。みるみる盛り上がった涙が、お梶の目からこぼれ落ちる。

手で顔を覆って泣き出したお梶の背を、初瀬は優しくさすった。お園とお多喜が切なそうな表情になる。

初瀬はふと思いついて尋ねた。

「お多喜はどうして私の居場所がわかったのですか？」

そっと袖《そで》を引っぱるお園に気付かず、お多喜が勢い込む。

「お園ちゃんが、甘い物好きのお師匠様のことだから絶対に羽二重餅と鹿の子餅の両方を買って帰るって言ったんです。そしたら当たりだった」

「なるほど……」

初瀬はすっと目を細めた。

「お多喜ちゃんの馬鹿」

「だって……」

お互いをつつきながら、小さな声で言い合っているお園とお多喜に、初瀬が吹き出す。きょとんとしていたふたりが、初瀬がふざけたのだということに気がついた。

「お師匠様ったら……」

「もうっ、びっくりして損した」

「なかなか良い目の付け所でしたよ、お園。お多喜に会えて何よりでした」

お梶が手の甲で顔をぬぐい、背筋を伸ばした。

「お師匠様、ありがとうございました」

初瀬がふわりと笑う。

「礼にはおよびませんよ。師匠として当然のことをしたまでですから」

「あの男、お師匠様にぴしりと言われて目を白黒させてた。いい気味」
いまいましそうにお多喜が団子をかじった。
「でもあたしたちだけだったら、絶対丸め込まれてたよ。お師匠様が来てくださって
ほんとによかった」
「一両払えば許してやるって言ってたくせに。あいつ、お師匠様には黙ってたものね
え」
初瀬は眉《まゆ》をひそめた。
「金を払え？　それはどういうことですか？」
「見逃してやるから一両払えと言われたんです。お梶ちゃんがそんな大金は持ってい
ないと答えたら、家へ帰って取って来なって。無理だと言ったら、じゃあ番屋に突き
出すしかないと脅《おど》されました」
「それであたしがお師匠様を呼びに行ったんです」
「ひょっとして、はなから金を取るのが目当てだったのでしょうか。盗みをでっち上
げ、それを種に強請《ゆす》る。豊かそうな商家の娘を狙《ねら》ったのかもしれません」
初瀬は考えをまとめるために、いったん言葉を切り茶をひと口飲んだ。
「おそらく金を強請り取るために、誰かがお梶のたもとに簪を入れたのです。これで

得心がゆきました」

「誰かって……。店にいたのはあたしたちと、あの男と……あっ！」

お多喜に向かって初瀬がうなずく。

「女と手代は仲間なのでしょう。店の主《あるじ》は知らぬことなのか、それとも……」

「主は用足しに出掛けているし、他の奉公人は、皆お得意様を回っているから、自分一人で店番をしていると手代が言っていました」

お園の言葉に初瀬は小首をかしげた。お得意様回りとは、まるで背負《しょ》い小間物屋のようだが……。それがあの店の流儀なのかもしれないが、どことなくうさんくさい。

お梶が遠慮がちに言った。

「あのう、あの店は、小間物をただおざなりに並べているっていうだけで、ちっともお客さんのことを考えていない気がしました。それに品物も少し前に流行《はや》っていた物がほとんどで、何だか変だなって思いました」

小間物屋の娘であるお梶ならではの目の付け所だ。それもあの店が客を盗人《ぬすっと》に仕立て、金を強請り取ることを目的としているのなら納得がいく。

考えをめぐらせていた初瀬ははっとした。手代と女が悪だくみをしているのなら、他にもお梶と同じような目にあった者がいるはずだ。

「そなたらはあのいずみ屋について、悪い噂《うわさ》を聞いたりしたことはなかったのですか？」

筆子たちがかぶりを振る。

「やはりそうですか。悪い評判が耳に入っていたら、わざわざ行ったりしませんものね」

初瀬はため息をついた。

「お梶の他にも、脅されたり、ひょっとして金を取られたりした者がおるのではないかと思うたのです」

「あ、ほんとだ！　ねえ、聞いてみようよ」

「うん、そうだね！」

「そうしよう！」

お園の提案に、お梶とお多喜が一も二もなく賛成する。

「ち、ちょっと待ってください。いったい誰に尋ねるのですか？　人を選ばぬと事が事だけに、お梶にさわりがあってはなりませぬよ」

筆子たちは顔を見合わせくすくす笑った。お園が得意げに言う。

「ご心配なく。『知り合いが、浅草のいずみ屋っていう小間物屋でひどい目にあったらしいんだけど、同じような話を聞いたことない？』って友だちに聞きます。友だちがまたその友だちに話してって具合に、だんだん江戸中に広まっていくんです。そして十日くらいすると、ひとりでにあたしたちのところへ答えが返ってくるという寸法です」

「そんなことができるのですか？　ほんとうに？」

驚く初瀬に、お園はくすりと笑った。

「お師匠様は、筆子を信じてくださるんじゃなかったんですか？　嘘ではありませんよ。あたしたちよくやるんです。そういうこと」

「誰と誰が付き合ってるとか、別れたとか、どこそこのお菓子はおいしいとか、いつもいろいろなことが噂になって流れてくる。だから反対に、こちらから噂を流すこともできちゃうんです」

お多喜の言葉にお梶もうなずく。

「おとっつぁんに頼まれて、小間物の流行りを探ったこともあります」

「あ、うちも着物の柄を聞いたことがあったっけ」

「でも此度《こたび》のように、盗人にされて金を強請られたなどということを、正直に話すでしょうか」

「最初は内緒にしていても、しばらくたつと誰かに話したくなる子はいると思うんです。だから知り合いの身に起こった出来事として回ってくる中には、本当のことも混じっていると、あたしたちはいつも考えてます」

なるほど。我が身や、今まで出会った女子の様を振り返ってみれば、お園の言い分には確かに筋が通っている。

そして、友だちに話をすれば話が広がってゆくというのも理解できる。しかし、そのようなことが実際に行なわれているとは、今の今まで思ってもみなかった。

商家の娘たちに特有の繋《つな》がりを利用しているのだろうが、なかなかに便利で面白い。

武家の娘たちではそううまくはいかぬだろうと、初瀬は大いに感心したのである。

3

「では、今日はこれで終わりにいたしましょう」

「ありがとうございました」

筆子たちが両手をつかえ頭を下げる。立ち上がろうとした初瀬は、お園に呼び止められた。

「お師匠様がおっしゃっていた通り、いずみ屋でひどい目にあった子たちが他にもいました」

「なんと……」

初瀬は急いで座り直した。お梶がいずみ屋で金を強請られてから、十日余りが過ぎている。そろそろ噂話が戻ってくる頃だろうかと思っていたところだった。

「脅された娘は五人。そのうち、お金を払ったのは三人でした」

「内緒にした人もいたでしょうし、江戸中の娘に話を聞いたわけではないので、実際に被害にあった者はもっと多いと考えられますね」

お園がうなずく。

「お金を払わなかったふたりは、どうやって切り抜けたのでしょう」

「近くにいた兄さんや許婚《いいなずけ》が駆けつけてきて、絶対に潔白だから番屋へでもどこでも突き出してくれと言い張ったみたいです。両方とも、先に出て行った女の客がたもとに入れたことになったところもお梶ちゃんと同じです」

「うまくゆかぬときは、女の仕業にするわけですね」

強請り取る金が一両というのが、この悪だくみの味噌なのだとあらためて初瀬は思った。商家の娘たちが、親に内緒で何とか工面できるぎりぎりの額だとふんだのであろう。

そして大人が介入して追及されると、女を犯人にして矛《ほこ》を収める。動揺している子どもの心の隙《すき》につけ込んだ卑怯《ひきょう》なやり口だった。

「さて、どういたしましょうか」

「もちろん、手代とあの女をこらしめる！」

威勢の良いお多喜の言葉に、お園とお梶、そして八重が大きくうなずいた。此度のことに居合わせていなかった八重であるが、あとから他の筆子たちに仔細を聞いたものと思われる。

「私は、朝比奈《あさひな》様にご相談しようかと思うておるのです」

「あいつらを捕まえてもらうのですね！」

目を輝かせている筆子たちをたしなめるように初瀬は言った。

「それはどうかわかりませぬよ」

「どうしてですか？　悪いことをしているのに」

「どこの誰だかわからない他の娘たちには、事情を聞くことができません。だから今のところ、ひどい目にあったとはっきりしているのはお梶だけです。きっと手代は、通りすがりの女がしたことで自分には関《かか》わりがないとしらを切るにきまっています。

それを覆《くつがえ》すだけの証拠をこちらが握っていなければ、朝比奈様もどうしようもないでしょう」

しゅんとなった筆子たちが肩を落としてうつむく。悔《くや》しい思いは初瀬とて同じである。手代たちに意趣返《いしゅがえ》しをしてやりたいが、今の状況ではとても無理だ。何か良い手立てはないだろうか……。

初瀬は筆子たちがかわいそうになった。そうだ。皆でかりんとうでも食べよう。

「お師匠様。私、囮《おとり》になります」

思い詰めた様子の八重に、初瀬は残りの筆子たちと顔を見合わせた。

「私が商家の娘に化けていずみ屋へ行きます。朝比奈様に見張っていていただいて、手代と女が私を盗人に仕立てようとするところを押さえてもらうのです。これならばふたりとも申し開きはできぬでしょう」

「良い考えだとは思いますが、八重の身に危難が及ぶやもしれませぬ。私としてはとても許すわけにはいきません」

「何かあったら朝比奈様が助けてくださるから大丈夫です。それに私とて武士の子。己の身を守る術《すべ》は心得ております」

おそらく嘘だと初瀬は思った。武芸を身につけているならば、立ち居振る舞いや身のこなしにそれが現われるものだ。

なぜそうまでして八重は、自ら囮になろうとするのだろうか。

「ありがとう、八重ちゃん。でも無茶しちゃだめ。八重ちゃんに何かあったら、あたしお詫《わ》びのしようがないよ」

必死に止めるお梶に八重は微笑んだ。

「私、前にいた手習い所で、財布を盗んだ疑いをかけられたことがあるの。だからお梶ちゃんの悔しい気持ちはよくわかる。それに何もやっていない子どもを、盗人に仕立てるなんてひどいことする人たちを私は絶対に許せない」

八重は、三年程前から心花堂に通っていると久乃から聞いている。

「私の隣に座っている子が財布がないって騒いだら、隠している財布を出しなさいと、お師匠様に言われました」

「ひどい！」

「信じられない！」

「腹立つ！」

憤慨《ふんがい》している筆子たちを制した初瀬は、八重に話を続けるよううながした。

「そのときちょうど風邪《かぜ》をこじらせた弟に薬代がかかったせいで、手習い所の謝儀の一朱を待ってもらっていたから疑われたのだと思います」

「そんな……」

初瀬は思わず絶句した。

「結局財布は、その子が手習い所の入り口に落としていたのを女中さんが見つけて届けてくれました。お師匠様には疑って悪かったと謝られたのですが、どうしてもわだかまりがとけなくて結局手習い所を辞めました」

「辞めて当然だよ！」

「許せない！」

「地獄へ落ちろ！」

初瀬は、息をするのも苦しいほどはらわたが煮えくり返っていた。何とひどい話……。筆子を信じずして何が師匠だ。

理不尽な扱いを受けて、八重はどんなに悔しかっただろう。胸がいっぱいになった初瀬は、思わず八重を抱きしめた。

「よく我慢しましたね」

初瀬の胸に額を押し当てて八重がすすり泣く。筆子たちがそっと八重の背中をさすった。

八重の考えた策を多聞《たもん》に話してみようと、初瀬は心に決めた。

4

教場で初瀬の隣にどっかりと腰を下ろした多聞は、物珍しそうに見回した。

「ほう。なかなかに広いな。で、筆子はたったの四人、と……」

筆子たちの鋭い視線を浴び、多聞はあわてて口をつぐんだ。

「わかったからにらむなよ。口の悪いのは生まれつきでな……すまん」

多聞が素直に謝ったことが初瀬は少し意外だった。

「俺と伍平《ごへい》とでちょいと調べてみたんだが、例のいずみ屋はやっぱりうさんくせえな」

筆子たちの表情が引き締まる。多聞がどことなく得意そうになったのがなんだか子どもっぽくて、初瀬はくすりと笑いそうになるのをこらえた。

「店を開いたのは年明け早々でまだ日が浅い。あの手代――浅吉《あさきち》というんだが――の他に奉公人はいねえみたいだ。それどころか主らしき者を見かけたって話もない。どうやら浅吉ひとりであの店をきりもりしてるってことだな」

多聞は茶をひと口すすった。

「それとあやしい女の客。それらしき女が店に入ってくのを見かけたんだが、あれはおそらく堅気じゃねえ。俺は掏《す》りじゃないかとふんでる。他人《ひと》のたもとにこっそり箸を忍ばせるなんて、誰にでもできることじゃないからな」

ああ、なるほど。それならば辻褄が合う。お梶が気付かなかったのも無理はなかった。

「あんまり嗅《か》ぎ回って勘付《かんづ》かれちゃあ元も子もねえからな。まあほどほどってところだが、浅吉とあの女が組んで悪事を働いてるってのは間違いない。まったく卑怯だよな。女、しかも子どもを盗人に仕立てて金を強請り取るだなんて。皆どんなに怖くて悔しかったかと思うと、もうたまらなくなってくるぜ。絶対にひっ捕まえて化けの皮を剥《は》いでやる」

多聞は菓子鉢に盛られた豆大福をひとつ取り、親の仇《かたき》のようにかぶりついた。そのままむしゃむしゃと咀嚼《そしやく》する。

「おめえらも食いな。うめえぞ」

「朝比奈様が買ってきてくださったのですよ。さあ、いただきましょう」

「お師匠様の好物だっていうからな」

え？　なぜそれを？　ああ、そうか。酒を飲んで暴れた浪人の件で多聞が来たときに、話したような気がする……。

筆子たちが目くばせをし、にやにやしながら肘《ひじ》で脇腹《わきばら》をつつき合っている。何でも色恋に結び付けたがる年頃とはいえ、まったく仕様のない子たち……。初瀬は軽く筆子たちをにらんだ。

「朝比奈様のご新造《しんぞ》様はどんなお方ですか」

いきなりお多喜に尋ねられ、多聞は茶を吹き出しそうになった。

「そんなものはいねえよ」

「では、お母上様とおふたりで暮らしていらっしゃるのですね」

「いいや。十年前に兄が亡くなって以来、母上と義理の姉上、甥《おい》の四人で暮らしている。俺は家督《かとく》を甥に譲ることに決めてるから、独り身でも誰にも文句を言われねえのさ」

多聞が妻帯して男子が生まれれば、どちらが跡目を継ぐかで甥ともめる。それを避けようということなのやもしれぬ。

「同心を取り調べるとは末恐ろしい娘だ。嫁のもらい手がないぞ」

「あたしは婿を取るので平気です」

「へえ。婿になるやつは大変だろうな。かわいそうに」

多聞が真顔で言ったので、お多喜はぷうっと頬をふくらませた。

†

多聞が心花堂を訪れて三日ののち、八重はお藤と共に浅草のいずみ屋の暖簾《のれん》をくぐった。お多喜に借りた薄花色《うすはないろ》の地色に菖蒲《しょうぶ》模様の振袖《ふりそで》を着た八重は、すっかり商家の娘に見える。

「ではお嬢様。羽二重餅を買って参りますのでここでお待ちくださいまし」

「うん、わかった」

下女役のお藤が店を出ると、入れ替わりのように女が店に入った。年の頃は二十五。藍色の縞の着物がそぐわない、目鼻立ちのはっきりした派手な雰囲気《ふんいき》の女子であった。着流し姿で浪人を装った多聞は、戸の陰からそっと店の中をのぞき見た。浅吉がこちらに背を向けて立っている。

しばらく品物を見て歩いていた八重が簪の前で立ち止まった。あれこれ迷いながら簪を選んでいる。

女が手に取っていた白粉《おしろい》を戻し、何気ない様子で右方向から八重の背後に近づいた。

すれ違いざま、素早く八重の右のたもとに簪を滑《すべ》り込ませる。見事な技であった。我知らず多聞の喉《のど》がごくりと鳴る。女は何食わぬ顔でそのまま店を出ていった。

多聞がうなずくと、一軒置いた隣の店の前にいた伍平が女のあとをつけ始める。しばらく泳がせてから捕縛し、番屋へ連れて行く手はずになっているのだ。

浅吉が八重に近づき、いきなり右手首をつかんだ。八重の目が大きく見開かれる。

「お嬢さん。盗みはいけませんよ」

「あたしそんなことしてません。手を放してください」

「しらを切るとはずうずうしい」

八重のたもとから浅吉が簪をつかみ出す。

「じゃあいったいこれは何だ？」

簪を鼻先に突き付けられ、八重が必死にかぶりを振る。

「あたし、盗ってません！」

「盗んだに決まってんだろ。あんたのたもとから出てきたんだから。この珊瑚玉の簪は、うちの店で一番値が張る品物だ。ただじゃ済まねえことがわかっててやったんだろうな」

浅吉が簪で八重の頬をぴたぴたと叩《たた》く。

「俺が番屋へ突き出したら、まず親が呼ばれる。そして店の名にも傷が付いちまう。ちょっとした出来心だったのにこりゃ大変だ」

「あたし、盗ってなんかいない！」

叫ぶ八重を浅吉は鼻先で笑った。

「だめだめ。証拠の品がたもとから出てきてるんだ。いくら弁解したって誰も信じてくれやしないぜ」

「そ、そんな……」

八重の目に涙が浮かぶ。酷薄《こくはく》な微笑を浮かべながら、浅吉は舌の先でちろりと己のくちびるをなめた。

「まあ、俺も鬼ってわけじゃねえ。許してやってもいい。……詫び料を払ってくれたらな」

「えっ？」

「一両。一両でなかったことにしてやる。どうだ？　悪い話じゃねえだろう。たった一両で、あんたも、おとっつぁんの店も助かるんだぜ。持ち合わせがなければ取りに帰ればいい。おおっと、逃げようとしてもそうはいかねえぜ。女中にあとをつけさせるからな」

八重はくちびるをかみしめ、巾着《きんちゃく》から財布を取り出した。一両小判を浅吉に手渡す。

「へい、確かに。二度と盗みなんてするんじゃねえぜ。さあ、もう帰りな」

浅吉が小判を懐《ふところ》にしまう。店から走り出た八重が、充分遠くへ行ったのを見届けた多聞は、暖簾を跳ね上げ中に足を踏み入れた。

「一部始終見届けさせてもらったぜ」

はじかれたように浅吉が振り向く。

「女掏りを使って、いたいけな子どもを盗人に仕立て上げ、金を強請る」

「さあ、何のことだか手前にはさっぱり」

「往生際の悪い野郎だな。じゃあこれでどうだ」

多聞は懐から十手《じって》を取り出し、浅吉の鼻先に突き付けた。

5

いずみ屋の浅吉は女掏りと組んで、四十人近くもの娘たちから金を強請り取っていたとのことだった。盗人にされた子どもたちは、皆親にも打ち明けられず、そのため被害が拡大したと考えられる。

初瀬と筆子たちが動かなければ、浅吉と女はさらに悪事を重ねたに違いない。まこと此度の働きは天晴《あっぱれ》であったと、お奉行様から褒美《ほうび》が出た。

初瀬とお藤、お園、お多喜、お梶にはひとり一分ずつ。浅吉と直接渡り合い、捕縛せしめた八重には、特に一両が下し渡された。

お奉行様は、まず八重の胆力《たんりょく》をほめ、次に、商家の娘たち特有の繋がりを利用して被害の様子を探るという知恵に感心していたらしいと、心花堂の面々は多聞から聞かされた。初瀬は八重が無事だったのがまず何よりうれしかった。そして浅吉たちが捕まったおかげで、お梶と被害にあった娘たちの心の傷、八重が以前通っていた手習い所の師匠から受けた心の傷が癒《い》えることを心から祈った。

それから十日ほどのちの朝――

「お師匠様。お願いがあるんです」

お園やお多喜を差し置いて、お梶が初瀬に声をかけるのは珍しい。初瀬は微笑んでみせた。

「何でしょう。話してごらんなさい」

「えっと、あの……。あたしいずみ屋で、盗みなんかしていないのにそれをはっきり言えなくてすごく悔しかったんです。だから、その……」

引っ込み思案のお梶のことだ。びっくりしたのも相まって、身の潔白を主張できなかったのは想像に難くない。

「自分が思っていることを、きちんと話せるようになりたいと思って」

「それはとても良いことですよ。そうですねえ……」

初瀬は思案をめぐらせた。

「あ、そうだ。ここで、皆で話し合いをいたしましょう。何かひとつ題目を決めて、それについて考えを述べるのです」

「何だか難しそう」

「大丈夫ですよ。簡単な題目から始めればいいのですから。思い立ったが吉日で、早速今から始めましょう」

「ええっ！」

「そんなあ！」

初瀬はぱんぱんと手を叩いた。

「さあ、机をふたつずつ向かい合わせに並べて座りなさい」

筆子たちはぶつぶつ言いながら机を動かした。お園とお梶が並んで座り、お園の向かいがお多喜、その隣が八重である。

「では、今日は自分の好きなお菓子について。どんなお菓子なのかをまず説明して、あとは何を話しても良いです。しばらく考える時間をあげます」

「お菓子！」

「やあだあ、お師匠様。自分が甘い物好きだからって」

「しいっ、それ言っちゃだめ」

「皆、三幸堂をよろしくね」

「何にしようかなあ」

文句を言っていた割に楽しそうな筆子たちに、初瀬はくすりと笑った。お梶はなかなか良いことを言ってくれたものだ。

お梶は本人が言う通りの引っ込み思案、お多喜は思ったことをすぐに口に出してしまう。お園と八重はしっかりしているほうだが、修練を積むのは決して悪いことではない。

武家奉公をするにしても、商家のおかみさんになるにしても、己の考えをきちんと人に伝えられれば、きっと何かの役に立つに違いない。それに考えをまとめる際は、己を見つめ直すことが必要になる。大人へと成長してゆく今の時期にはとても大切なことであった。

一方初瀬にとっても、筆子たちの考えを知る良い機会となる。それを指導に生かすことができるように努めねば。

はじめのうちは、好みの食べ物、季節、色などまとめやすいものにし、考えを述べるだけで良しとする。そして、だんだん話し合いの体をとれるようにしたい。内容としては親兄弟や家のことを経て、やがては世間の風潮や将来のことなどについて語り合い、視野を広げてゆけたらと思う。

これはなかなかに楽しゅうて面白い。何やらうきうきしてきたが、顔に出しては筆子たちが嫌がるだろう。初瀬は己を戒《いまし》めた。

「今日はお多喜、八重、お梶、お園の順に申すことにいたしましょう」

「えー、あたしが一番最初？　まあ、いいや。あたしが好きなお菓子は三幸堂の酒饅《さかまん》頭《じゅう》です。酒種の入った生地で餡を包み、蒸してあります。っていうのは、ずっと前にお園ちゃんに教えてもらいました。特に冬の寒い日にふかしたての熱々を食べると、鼻からふわっとお酒の香が抜けて幸せだなあって思います。お酒の味は好きじゃないんだけど、なぜか酒饅頭の匂《にお》いは好きなのが自分でも不思議です」

「私が好きなお菓子は日本橋田島屋《たじまや》のうさぎ饅頭です。餡を包んだ卵形の白い饅頭に、長い耳と赤い目がついています。日本橋の廻船問屋《かいせん》で帳付《ちょうつけ》をしていた父上が生きていた頃、時々お土産に買ってきてくれました。あんまりかわいいので食べるのがかわいそうになってしまって弟とふたりで眺めていると、父上が『食わないのなら俺が食ってしまうぞ！』って言って、あわてて食べるっていうのがいつものことでした。今でもうさぎ饅頭を食べると、あの時の父上のおどけた顔を思い出します」

「あたしが好きなのは三幸堂の水饅頭です。小さな白い茶碗に葛《くず》と餡玉を入れて、水に漬けて冷やしてあります。小さいころ夏の暑い日、遊んで汗びっしょりになって、お園ちゃん、お多喜ちゃんと三人で食べた冷たくてつるっとして甘い水饅頭はとてもおいしかったです。あの頃はずっと一緒にいられると思っていたけれど、ほんとはそうじゃない。だから楽しい思い出をいっぱい作りたいです」

「あたしが好きなのは三幸堂の弥生餅です。砂糖を加えた桃色の糝粉《しんこ》餅を、桃の花びらの形に整えてあります。男が三人続いてやっとあたしが生まれたから大喜びしたおとっつぁんが、はりきってお節句に作ったのが始まりです。ほどよい甘さが優しくて、何だか食べるとほっこりします。おっかさんが『弥生餅の味は、そのままお園に対するおとっつぁんの気持ちなんだよ』と言うのですがよくわかりません。大人になったらわかるのかなあと思っています」

「なんか皆いい話になってる。ずるいよ。あたしだけ匂いが好きって馬鹿みたい」

「私はお多喜らしくて良いと思いましたよ」

「え、そうですか？　うれしい」

お多喜がにっこり笑った。他の筆子たちも頬を上気させ、満足そうな笑みを浮かべている。

「皆、自分の思いをきちんと述べることができ大変良かったと思います。これからも時折こうやって話すことにいたしましょう。では机を元に戻して、昨日の手習いの続きを始めなさい」

初瀬は廊下に出て庭を眺めた。筆子たちの話に思いがけなく心を揺さぶられ、胸がいっぱいになってしまったのだ。

少し気を静めないと涙ぐんでしまいそうだ。初瀬はほうっと小さくため息をついた。皆、いろいろな思いを抱いて日々を過ごしていることに、あらためて気付かされた初瀬であった……。

第三話　朝顔

1

皐月《さつき》も十日を過ぎ、そろそろ梅雨《つゆ》を迎える時期が近付いてきた。そのせいで、このところは曇りがちな天気が続いている。その前に三日ほど雨が降り続いていたのは、どうやら走り梅雨だったようだ。

己の思いを話すという試みを、初瀬《はつせ》が始めてから半月ほどたった。今日は『近頃《ちかごろ》腹が立ったこと』についてお梶《かじ》が述べ、それに基づいて皆が話し合う。

「うちは、姉さん、兄さん、あたし、弟の四人きょうだいで、きょうだい仲は良いほうだと思います。昨日おやつに団子を食べていたら、兄さんが『お梶は最近肥えてきたな。気をつけないと、太鼓腹になるぞ』とからかいました。最近は食べる物が何でもおいしくて、少し太ったかなあと自分でも気になっていたので、兄さんの言ったことにむっとしました。その上生意気な弟が『やーい、やーい、太鼓腹』と一緒になってはやし立てたのでよけいに腹が立ちました。姉さんとあたしは絶対そういうことは言わないのに、どうして兄さんと弟はああなんだろうといつもため息が出ます」

さっそくお園《その》が口火を切る。

「お梶ちゃんはまだ姉さんがいるからいいよ。うちなんか兄さんが三人で、女はあたしひとりだからね。一昨日《おととい》、お梶ちゃんにもらった紅をちょっとくちびるにさして楽しんでたら、一番下の兄さんに『人を食ったみてえな口してるからびっくりした』って言われた。他の兄さんたちも真顔で『色気づくのはまだ早い』とか、『子どもがそんなものつけるんじゃねえ』ってさんざんお説教されてさ」

筆子《ふでこ》たちが口々に「ひどいよねえ」と言いながら眉《まゆ》をひそめた。

「あんまり腹が立ったんで泣き真似《まね》してやったら、途端に皆おろおろして謝ったり機嫌を取ったりしてくるんだよ。謝るくらいなら最初から叱《しか》らなければいいのに。どうしてもっと物事を考えてから、言ったりしたりできないんだろう」

八重《やえ》が珍しく勢い込んで言った。

「私も弟のことで腹が立ってる。うちは父上がいないから、私が頑張《はげ》って弟の身が立つようにしてやらないといけない。だからこの間もっと手習いに励めと叱ったら、『俺はもっと優しい姉上の弟に生まれたかった』って言うんだよ。優しいことばかり言っていたらすぐになまけてだめになってしまう。弟のためを思ってのことなのにどうしてわかってくれないのか。腹が立つのと同時に悲しくなった」

お多喜《たき》が大きくうなずく。

「ほんと考えなしの弟だね。あたしは妹ふたりの三人姉妹だけど、従兄《いとこ》に腹が立ってる。そいつはおとっつぁんの姉さんの次男で、どうしてか知らないけどうちへ婿《むこ》に来る気満々なんだよ。昨日あたしが遊びに行った話をしたら、誰《だれ》とどこへ行ったのかしつこく聞いて、『俺以外の男と出掛けたりするんじゃねえぞ』って念押しをしてすごく鬱陶《うっとう》しかった。『お梶ちゃんの弟でも？』って聞いてやったら、『だめだ。男は皆油断がならねえ』って。もううちの従兄は大馬鹿だよ」

「どうしてあの人たちは無遠慮なんだろう」

お園の言葉に八重がうなずく。

「自分の姉や妹には、何を言ってもいいと思ってるよね。母上にはそんなこと言えないくせに」

「うちの弟なんて自分がちょっかいをかけておいて、あたしが怒ったらすぐに泣いちゃうから、叱られるあたしはほんと馬鹿みたい。だからこの間うんと怖い話を聞かせてやったの。そしたら夜中に厠《かわや》へ行けなくておねしょしちゃったんだ。いい気味」

筆子たちはけらけらと笑った。お多喜が真顔で言う。

「こっちが腹が立つことをわざと言ってるのかなと思っちゃうくらいだけど、そうじゃないみたいでしょ」

「うん。悪気はないと思う」

「うちも、兄さんも弟もそこまで根性悪じゃないし」

「うちの弟は、むしろ気弱で歯がゆいくらい」

「ってことは、やっぱり馬鹿なの？」

お多喜の言い様に思わず初瀬はぷっと吹き出した。筆子たちもお腹《なか》を抱えてうひゃひゃと笑った。

「それを言っちゃおしまいでしょ。馬鹿っていうか、気がつかないとかにぶいとか、うちの兄さんたちはそんな感じ」

「もしかして人の気持ちっていうか、女心がわからないってことじゃないかな」

お梶が、ぽん、と手を打った。

「それだ！　八重ちゃん！」

お園も大きくうなずいている。すっきりしたという表情でお多喜が言い放った。

「そっかあ。女心のわかんない野暮天《やぼてん》ってことなんだね！」

初瀬と筆子たちはどっと笑い崩《くず》れた。

「さすがは女筆指南《にょひっしなん》。にぎやかだなあ」

初瀬が驚いて顔を上げる。お藤《ふじ》の後ろから、右足を引きずりながら男が入って来た。

瘦身《そうしん》で背がひょろひょろと高い。

色白で目は一重。柔和で整った顔立ちをしている。

「伊織《いおり》様……」

伊織がくしゃりと笑った。

「久しいな、初瀬。どうしておるかと気になってしもうて、のこのこ訪ねて参った。元気そうでなによりだ」

伊織は、初瀬が祐筆《ゆうひつ》をつとめていた旗本《はたもと》五百石三枝《さえぐさ》家の当主である兵庫《ひょうご》の末弟だった。歳《とし》は三十六。子どもの頃に負った怪我《けが》のせいで右足が悪いため、今も本郷御弓《ほんごうおゆみ》町《ちょう》の三枝の屋敷で暮らしている。

初瀬に伊織を紹介され、筆子たちが神妙な面持ちで頭を下げた。

「ちょうどよい。豆大福を買《こ》うて来たのだ。皆で一緒に食べよう」

「ありがとうございます。でも、あたしたち今日は用事がありますのでこれで失礼させていただきます。お師匠《ししょう》様、ありがとうございました」

他の筆子たちもお多喜にならい、口々にあいさつをして帰って行った。

「何の用事であろうな」

「商家の娘たちは、踊りや三味線《しゃみせん》などの稽古事《けいこごと》に通うておるのです。浪人の娘は、働いている母親の代わりに家事や弟の世話をするのでしょう」

「なるほど。皆、それぞれに忙しいというわけか」

「慌《あわ》ただしくお屋敷を去り、その後、ごあいさつにもうかがわず申し訳ございませぬ。皆様はご息災でいらっしゃいますか」

「初瀬は慣れぬことに奮闘しておったのだ。あいさつなど無用。ふむ。ひとりを除いては皆息災じゃ」

「え？」

「小弥太《こやた》がな……」

小弥太は十になる当主兵庫の末子だった。いわゆる蒲柳《ほりゅう》の質で、身体《からだ》があまり丈夫ではない。

「なんと！　小弥太様のお加減が悪いのですか？」

伊織が重々しくうなずいた。

「初瀬がおらぬようになったのが寂しゅうて、ふさぎ込んでしもうておる」

「もったいないことにございます」

小弥太は初瀬に大変なついていたのだ。女子《おなご》とみまごう小弥太のかわいらしい顔を思い浮かべ、初瀬はせつなくなった。

「師匠振りも板についておる。順調そうじゃな」

「それが違うのです。受け継いだときは三十二人おった筆子が、あっという間に四人に減ってしまいました」

「なんと……そうであったのか」

「私が至らぬせいで……お恥ずかしい限りでございます」

「世の中うまくゆかぬことはごまんとある。あまり己を責めぬようにな。それよりも、四人の子どもが残ってくれたのだ。大切に育ててやらねばのう」

「はい。力を尽くしたいと存じます」

「ふむ。それでよい」

伊織がふわりと笑う。包み込むような心にしみるあたたかい笑顔であった。そういえば三枝の屋敷では、この笑顔によく励まされたものだったと初瀬は懐《なつ》かしく思い返した。

†

心花堂《こはなどう》を辞した伊織は、左手に杖《つえ》を持ちゆっくりと足を運んだ。久しぶりに会う初瀬は、少し痩《や》せたように感じられた。やはり辛《つら》いことがあったのだ……。

教場に入ったとき、筆子が四人しかおらず一瞬いぶかしく思った。だが、他の子たちはすでに帰ったのだろうと思ってあまり気には留めなかった。

初瀬の心中を慮《おもんぱか》り顔には出さなかったが、三十人近くが一気に辞めてしまったとはなんということだろう。伊織はほうっとため息をついた。

あのまま三枝の家で祐筆をしていたら、することもなかった苦労である。伊織は中気で倒れた久乃《ひさの》をうらめしく思った。

いかぬ……。突然身体がきかなくなり、手習い所《どころ》を初瀬に託さざるを得なかった。一番辛くもどかしい思いをしているのは久乃じゃ。

伊織が子どもの頃、三枝家の奥向きの祐筆は久乃がつとめていた。凛《りん》としたたたずまいと、厳しくも優しいその心根が好もしかったものだ。

あの頃の久乃と、初瀬はどこか似たところがある。やはり伯母《おば》と姪《めい》だと伊織はしみじみ思った。

おや？　あの子たちは心花堂の筆子ではないか？　伊織の心が伝わったかのように、貸本屋の前でおしゃべりに夢中になっている娘たちのひとりが、あっという顔をして頭を下げた。

「そなたらは、心花堂の……」

「はい。そうです。先程は失礼いたしました」

用事があると申していたのは、どうやら客である伊織に気をつかってのことであったらしい。これは申し訳のないことをしてしもうた……。

おおそうだ。埋め合わせに茶店で団子でも馳走《ちそう》してやろう。なんといっても、心花堂に残ってくれたたった四人の筆子なのだ。

ごまをするのではないが、筆子たちの機嫌を取るのは悪いことではない。初瀬のためにこのようなことくらいしかしてやれぬのはちとはがゆいが……。

†

茶店の床几《しょうぎ》に座ると、すぐに餡《あん》をまぶした団子と茶が運ばれてきた。筆子たちは押し黙ったまま、緊張で固まってしまっている。

「ほう。なかなかにうまい」

伊織は先に団子をかじってみせた。

「そなたらも食すがよい」

旗本の部屋住みなどまったく取るに足らぬ存在であるのだが、町屋暮らしの子どもにはたいそうな人物に見えるのだろう。

「今日は無礼講じゃ。遠慮いたすな」

精一杯の笑顔を見せて言うと、やっと筆子たちがおずおずと団子に手を伸ばした。団子をほおばると、皆ひとりでに笑顔になる。

やれやれ、手間がかかるのう……。

「そういえば、初瀬に叱られて心花堂を辞めていったのは、どのような娘であったのだろう」

伊織の問いかけにお園が答えた。

「日本橋でも指折りの大店《おおだな》、廻船《かいせん》問屋渡海屋《とかいや》の娘です。歳はあたしと同じ十三。美人で頭が良いけれど、気位が高くてわがままです」

「気位が高いなら、友だちの前で叱られたことに腹を立てたのじゃな」

「確かにそれもあると思いますが、自分は何をしても大目に見てもらえると思っていたのに、お師匠様に特別扱いをしてもらえなかったことも嫌だったのではないでしょうか。」

「ほう。なるほど」

八重の考えに伊織は感心した。お梶が遠慮がちに口を開く。

「あたしは、えこひいきをしないお師匠様をすごいと思いました」

「びしっと叱ったの気持ちよかったよね。あたしはお千代《ちよ》ちゃんのこと好きじゃないから、いい気味だって思っちゃった」

ぺろりと舌を出すお多喜に、お園がうなずいた。

「あたしもえこひいきは大嫌い」

「お師匠様は、誰にでも平等に接してくださるのでとてもうれしいです」

八重は浪人の娘だと初瀬が申していた。ひょっとしたら、何か悔《くや》しい思いをしたことがあるのやもしれぬ。

初瀬の思いがきちんと筆子たちに届いているのを伊織は大変うれしく思った。今日のことをいつか初瀬に話してやらねばならぬのう。

伊織は上機嫌で団子の追加を頼んだ。

「三枝様は、お師匠様のことをどう思っておられるのですか」

いきなりお多喜に聞かれて、伊織は団子を喉《のど》に詰まらせそうになった。

「お多喜ちゃんったら失礼だよ」

袖《そで》を引っぱるお園に、お多喜は口をとがらせた。

「だって、今日は無礼講だとさっきおっしゃったもの」

「まあ、それはそうだけど……」

筆子たちに見つめられ伊織はたじろいだ。え？　何だ？　俺は答えねばならぬのか？

「いや、それはその……」

わきの下を冷たい汗がつうっと流れる。一瞬ごまかそうかとも思ったが、それも卑《ひ》怯《きょう》だ。

相手は子どもだ。ええい、ままよ。

「……好いておる」

身体中から汗が噴き出した。手で口を押さえたり指でつつき合ったり、肩をぶつけ合ったりしながら筆子たちは大喜びだ。

「いつからですか？」

お多喜に再び問われて、やけくそ気味に伊織は答えた。

「初めて会《お》うたときからずっと」

筆子たちの口から歓声が上がる。

「お師匠様も、もちろんそのことはご存じなのですよね」

「う……、いや。俺が何も打ち明けておらぬゆえ」

「ええっ！　十二年もの間、いいなあと思って見てただけ？」

思わず伊織はむっとした。その通りだ。何が悪い。

「信じられない！」

お多喜の叫びに、筆子たちはうなずいて同意を示した。大人にはそれぞれの事情があるもの。何なのだ。この小娘たちは……。

「とられちゃうかもよ、お師匠様」

「あ、もしかして朝比奈《あさひな》様？」

「うん。だってお師匠様は、三枝様の気持ちを知らないんだもの」

「えっ。三枝様かわいそう」

「ほんとだ。十二年も思い続けてるのに」

皆、いったい何の話をしておる。俺にはさっぱりわからぬぞ。朝比奈とはどこの誰だ。

何だその目は。ひょっとして俺を哀《あわ》れんでおるのか？

「……朝比奈とは何者だ？」

思わず声が裏返ってしまったのが、自分でも非常に腹立たしい。お園が気の毒そうに言った。

「南町奉行所の定町廻《じょうまちまわ》り同心で、お師匠様の命の恩人です。あたしも助けてもらいました」

ちょっと待て。そのような話、俺はまったく聞いておらぬぞ。初瀬よ、なぜ隠すのだ。

「あたしが盗人《ぬすっと》にされてお金を強請《ゆす》られたときも、朝比奈様が疑いを晴らしてくださいました」

「そういえば朝比奈様、あのとき心花堂へいらしたよね。お師匠様の好物の豆大福を持って」

「うっ……どのような男だ」

「口が悪い美男」

「ちょっとかわいいところもある」

「独り身だそうです」

「な、なぜ。その男が初瀬を好いておるとわかる」

お多喜が自信たっぷりに言った。

「女の勘です」

「うふふ」と顔を見合わせ筆子たちが笑う。ふん。そのようなあやふやなもの、俺は断じて信用せぬぞ。

「で、初瀬の気持ちはどうなのだ」

「あれは絶対気付いてらっしゃらないよね」

「うん。お師匠様はお仕事一筋」

「色恋のほうには野暮天だもの」

「だって十二年もの間、三枝様の気持ちに気が付いてないんだから」

「あ、そうだよねえ」

「……やはり初瀬は、俺の気持ちに気付いておらぬのだろうか」

伊織の独り言に、筆子たちがはっとして口をつぐむ。やがてお多喜が気の毒そうに言った。

「三枝様が教場に入って来られたときのお師匠様のお顔が、久しぶりに知り合いに会えてうれしいっていう感じそのものだったので、やっぱりそれ以上の気持ちはないのかなって」

伊織はがくりと首《こうべ》をたれた。

「三枝様のお気持ちを、お師匠様にきちんとおっしゃってはいかがでしょうか」

顔を上げると、真剣な表情の八重と目が合った。

「そうしたいのは山々なのだが……。初瀬に断られたとき、もう元の親しく口をきく間柄には戻れぬだろう。それが嫌でな」

「断られるとは限らないし、ここはあたって砕《くだ》けろで」

威勢の良いお多喜に、伊織はつい苦笑した。

「砕け散るのがこわいのだ」

「……あたしは三枝様のお気持ちがよくわかります。言って壊れてしまうより、一歩踏み出さないで今のままのほうがいいかなって」

お梶の言葉に、筆子たちは「ああ、そうかもしれない」などと言いながら、ふむふむとうなずいた。

「でも状況が変わったのだとしたら、そんなのんびりしたこと言っていられないんじゃないかなあ」

お多喜がまっすぐに伊織を見つめた。

「あたしだったら朝比奈様にとられて後悔《こうかい》する前に、ずっと好きですって言っちゃいます」

「お多喜ちゃんってば失礼だよ。何も朝比奈様にとられるって決まったわけでもないのに」

お園にたしなめられてもお多喜はひるまない。

「でもこういうことって、先に言った者勝ちってところもあるから。それに三枝様はご自分があとになってしまったら、きっともうお気持ちをおっしゃったりしないと思う」

伊織はぎくりとした。確かにその通りだ。結局、俺は臆病《おくびょう》なのだ……。

「でもそんなの嫌だよ。十二年も思い続けていたのに他の人にとられちゃうなんて……」

お梶が目にうっすら涙を浮かべている。なぜか伊織は心がぽわりとあたたかくなった。

「わかった。少し思案してみるとしよう」

筆子たちは礼を述べて去って行った。無礼講にして良かったのか悪かったのか……。

今にも雨が降って来そうな空を見つめ、伊織は深いため息をついた。

†

とうとう梅雨に入った。これから毎日雨ばかりが続くのだと思うと、ついため息が出てしまう。だがひと月ほどして真夏の暑さがやって来ると、今度は照りつける日差しにうらめしい気持ちで空を見上げることになるにきまっていた。

人というものはなかなか自分勝手だ。深川《ふかがわ》の萬徳院《まんとくいん》へ墓参に来ていた初瀬はくすりと笑った。

いつものように父母の墓と身寄りがないと思われる近くの墓に、クチナシの花と黒《くろ》飴《あめ》を供え手を合わせる。今日は梅雨寒《つゆざむ》で雨に濡れた足先が冷たかった。

風邪をひかぬうちにどこへも寄らず帰ったほうがよさそうだ。だが歩き始めた初瀬はすぐに立ち止まった。

子猫の鳴き声が聞こえたように思われたのだ。じっと耳をすますと、確かに『みー』というか細い声がする。

どこにいるのだろう。ともすれば雨音にかき消されそうになる鳴き声を頼りに、初瀬は子猫を探した。

大きな墓石の陰にそれはいた。生まれてひと月くらいだろうか。キジトラの子猫がびしょ濡れになって震えている。

「まあ、かわいそうに」

初瀬は手ぬぐいを取り出し子猫を拭いた。あたりを見回したが、母猫らしい姿はない。

こんな雨の日は外に出ずねぐらでじっとしているはずだから、母猫とはぐれたのではなさそうだ。もしかすると、餌を捕りに出た母猫が戻って来なかったのかもしれない。

病気や怪我で動けなくなったか、それとも死んでしまったか……。ひもじくなった子猫たちは、母猫を探しに出た。そしてその一匹が墓地に迷い込んだということなのだろう。

あのときと同じだ……。

春のある日、初瀬は亮俊《りょうしゅん》と高台にある野原へ草摘みに出かけていた。近所の医者の息子亮俊は四つ年上で当時九つ。初瀬にとって兄のような存在だった。母を亡くしてふさぎがちだった初瀬の気晴らしになればと、亮俊は誘ってくれたのだろう。教えてもらった薬草や食べられる草を、初瀬は夢中になって摘んだ。

子猫の鳴き声がする……。初瀬は崖の下にキジトラの子猫を見つけた。小さな穴に落ちて上がれなくなっているらしい。

崖といってもなだらかなので、草に捕まれば降りられる。初瀬はしっかりと草をつかみ、そろそろと降り始めた。

だが地面まであと少しというところで気がゆるんだものか足を滑らせ、下まで転がり落ちてしまった。

「初瀬！　どこだ！　あっ！」

「動くな」と言いながら崖を降りて来た亮俊が、座り込んでいる初瀬に駆け寄った。

「どこか痛いところはあるか」

「足が……」

亮俊は初瀬の右足首を丁寧に調べた。

「くじいただけで折れてはおらぬと思う。帰ったら父上に診てもらおう」

「申し訳ございませぬ」

べそをかきながら謝る初瀬に、亮俊は優しい笑みを浮かべた。

「気にするな。目をはなした俺が悪いのだ」

「子猫が穴に落ちているのが見えたのです……」

亮俊が子猫を助け出して初瀬に渡した。

「母猫に死に別れたのかもしれないな」

子猫を抱きしめている初瀬に、亮俊は背を向けてしゃがんだ。

「おぶされ、初瀬。その足で歩くのは無理だ。子猫も一緒に連れて帰ればよい」

拾った子猫は初瀬が飼うことになった。小吉《こきち》と名付けられたその子猫は、初瀬にたいそう懐き十年も生きた。

ああ、そうだ。お屋敷奉公を辞めたのだから、また猫を飼うことができる。その思いつきに初瀬の心はふわりとあたたかくなった。

墓参に来て出会ったのだからこれも何かの縁かもしれない。それに何より、こんな冷たい雨の中に放《ほう》っておいたら子猫が死んでしまう。

伯母上も確か猫をお嫌いではなかったはず。かわいい子猫は病床の慰めとなるに違いない。

小吉と同じ雄のキジトラ。今はまだ青い目が、どんな色になるのだろう。楽しみだ。名は何としよう。

そう、大吉《だいきち》。大吉が良い。皆にたくさん良いことがありますように……。

「さあ、大吉。家に帰りましょう」

大吉を懐に入れて初瀬は立ち上がった。大吉がぐるぐると喉を鳴らす。

2

手習いを終えて帰って行った筆子たちが、ばたばたと足音を立てて戻って来た。

「お師匠様、こんな物が門のところに置いてありました」

八重が大きなおひねり様の物を初瀬に差し出した。受け取ると割に重みがある。何か丸い物を紙で包み、上部をねじってあった。

中身は何なのだろう。初瀬はおひねりを膝《ひざ》の上に置き、そっと紙を開いた。筆子たちが一斉にのぞきこむ。

「あら」と思わず声が出た。白飯のかたまりが現われたのだ。筆子たちがどよめく。

初瀬はそっと匂《にお》いをかいでみた。

「腐ってはいないようですよ。でも食べるのはよしましょう。もし万一毒でも入っていたらいけないから」

「毒？　お師匠様やあたしたちを狙《ねら》ったの？　おおこわい」

こわがってなどいない様子のお多喜が、大げさに身を震わせる。

「誰のいたずらだろう」

お園が眉根を寄せる。

「嫌がらせかもしれない」

「あ、ほんとだねえ。八重ちゃん」

嫌がらせならもっとひどいことをするはずだ。おそらく通りすがりの誰かのいたずらだろう。初瀬は微笑《ほほえ》んだ。

「ここでいろいろ言っていても埒《らち》が明きませぬ。さあ。皆、家へお帰りなさい。遅くなると家の人が心配しますよ」

六日後、心花堂の門前にまた奇妙な物が置かれていた。あちらこちらが破れ、糸がほつれ放題になっている鮮やかな色模様の端切《はぎ》れである。大きさは六寸（約十八センチメートル）四方くらいだろうか。紅葉《もみじ》を散らしたなかなか上物《じょうもの》の絹地だった。

笑いを誘った白飯のおひねりに比べて、ずたずたにされた端切れは色がきれいな分どこか不穏で初瀬は胸がさわさわした。筆子たちも同じだと見え、「切り裂《さ》かれそうでこわい」と誰かがぽつんと言ったきり押し黙っている。

さらにその八日後、赤い紐《ひも》で首をぐるぐる巻きにして小石を結びつけたわら人形が置かれるに及び、とうとう初瀬は多聞《たもん》に相談をした。切り裂かれた端切れと、三寸ほどのわら人形を仔細《しさい》に検分した多聞は首をひねった。

「いたずら、嫌がらせ、戒《いまし》めなのか呪《のろ》いをかけているのか、それとも頭のおかしい者の仕業か。その白飯のおひねりってのも、同じやつが置いたと考えて間違いねえだろう。何か心当たりはあるか？」

初瀬も筆子たちもかぶりを振った。

「だろうな。筆子が山ほどいる手習い所なら、ねたまれることもあるだろうが……おっと失礼。ってことはここだけじゃなく、いろんなところに奇妙な物が置かれてるかもしれねえ。ちょっと調べてみるとするか。まあ念のため、用心して過ごしてくれ」

†

手習いを終え帰り支度をしたお園が、持参した重箱のふたを開けた。途端に筆子たちが「わあっ」と歓声を上げる。

薄紅色の朝顔の花が咲いていた。お園が箸《はし》で小皿に取り分ける。

「きれいですね……」

小皿を渡された初瀬は思わずため息をついた。食べてしまうのがもったいない。

「白い餡玉に、葛《くず》でできた朝顔の花をかぶせてあるんです。梅雨が明けたら店に出すつもりで真ん中の兄さんが考えたんですけれど、食べてもらって意見を聞きたいんですって」

初瀬は木の匙《さじ》で朝顔の四分の一を取り、そっと口に入れた。

「お師匠様、いかがですか？」

「ぷるんとした葛と、少し甘味を抑えた餡の取り合わせが爽《さわ》やかです。とてもおいしいし、見た目も愛らしく涼しげでほんに夏らしいお菓子だこと」

筆子たちも「おいしい」「かわいい」と言いながら大喜びで食べている。初瀬は菓子を食べながら小首をかしげた。

「この朝顔は経木《きょうぎ》に包むのですか?」

「はい。そのつもりだと思います」

「本物の朝顔の葉に載せるのはどうでしょう。そのほうがもっと涼しそうに見えるでしょう。それに経木にくっつかずにすむし、食べるときのお皿代わりにもなりますよ」

お園の目が輝く。

「ありがとうございます! 兄さんに伝えます!」

「朝顔の葉を集めるのが大変かもしれないけれど」

「桜餅《さくらもち》や柏餅《かしわ》の葉っぱを仕入れているので、そのあたりは大丈夫じゃないかと思います」

「そう。ならいいけれど」

ちりちりという鈴の音と共に、赤い縮緬《ちりめん》の首輪をした大吉が走って来た。「にゃーん」と鳴きながら初瀬の膝によじのぼる。

短く「にゃっにゃっ」と鳴いて催促する大吉に初瀬は微笑んだ。

「はいはい、わかりました」

皿の上の白餡を指の先につけて鼻先に持っていくと、大吉は大喜びでなめ始めた。ざらざらの舌がくすぐったい。

筆子たちが「かわいい」と言いながら代わる代わる大吉をなでた。

「召し上がっていただきたいお菓子がもうひとつあるんです」

お園が重箱の二段目から、水ようかんを取り出した。筆子たちは大はしゃぎだ。もちろん初瀬もとてもうれしいが、はしたないので顔には出さない。

「あれ？　四角くないんだね」

「そうだよ、お多喜ちゃん。卵みたいな形の型で抜いたんだって」

水ようかんの表面には模様があった。

「ひょっとして、これは流水紋ですか？」

「はい！　そうです！　底に流水紋を彫った箱に流したんです」

「なるほど。わかりました。逆さにして箱から出すと、こういうふうに模様がつくというわけですね」

肩にのぼった大吉が必死になって皿に前足を伸ばしている。初瀬は水ようかんを懐紙に少し取り床に置いてやった。

初瀬は水ようかんを口に含んだ。

「さらりとして甘みもくどくない。口の中ですするりと水になる。これもまた夏らしい風情《ふぜい》のあるお菓子ですね」

「ありがとうございます。兄さんが喜びます。……これも何かの葉っぱに載せて売ると良いかもしれない」

「そうですね……ああ、そうだ。さらに舟形の経木に入れると、波と舟で相性が良い気がします」

「あっ！　ほんとだ！　舟形なら水ようかんも崩れないし。お師匠様！　ありがとうございます！」

初瀬はふわりと笑った。

「どういたしまして」

『このようなおいしくて楽しいことなら、またいつでも大歓迎です』などという、これまたはしたない言葉は胸の中にしまっておく。

「ちょっとお多喜ちゃん。食べてばっかりいないで何か言いなさいよ」

「えーと、おいしい。きれい」

「たったそれだけ？」

「人がせっかく食べてるのにうるさいなあ。お師匠様がちゃんと言ってくださったからもういいでしょ」

「なんだかずるい」

「そんなことないよ。お園ちゃん考え過ぎだってば」

お梶と八重が、顔を見合わせくすくす笑う。

「失礼いたします」

顔を上げた初瀬は、驚きのあまり咄嗟《とっさ》に声が出なかった。筆子たちが皿を持ったまま振り返る。

「お千代ちゃん！」

お多喜が素《す》っ頓狂《とんきょう》な声を上げた。他の子たちはぽかりと口を開け、ただただお千代を見つめている。

薄桜色の地色に、青と赤紫の朝顔の裾《すそ》模様の着物が良く似合っていた。皆が見つめているのにもかかわらず、お千代は筆子たちには目もくれない。

お千代は初瀬の前に座ると、両手をつかえて頭を下げた。

「お師匠様。どうかあたしに手習いを教えてくださいませ。お願いいたします」

教場に沈黙が流れる。初瀬は一瞬頭の中が真っ白になった。茫然自失《ぼうぜんじしつ》から戻って最初に思い浮かんだのは「なぜ？」ということだった。

どうしてお千代は戻る気になったのだろう。お千代が心花堂を辞めたのは、初瀬が頭ごなしに叱ったせいだと自覚しているので、今お千代に対して怒る気持ちはない。

ただひたすらその気持ちが知りたかった。だが尋《たず》ねたとして、お千代が素直に話すだろうか。

以前の初瀬なら性急に問いただすところだが、じっくり待つということが苦にならなくなっていた。精進の賜物《たまもの》というにははばかられる、ささやかな変化ではあったが……。

「心花堂の筆子に戻りたいということですか？」

「はい」

「わかりました。では明日からいらっしゃい。五のつく日は休みです」

「ありがとうございます。どうぞよろしくお願いいたします」

「お師匠様！」

お多喜が悲鳴のような声で叫んだ。

「どうして、お千代ちゃんがここへ戻るのを許すんですか？」

「別に理由はありませぬよ。お千代だけでなく、心花堂で手習いをしたい人は誰でも入れるのです」

「あんなにひどいことをしておいて、よく戻って来れるよね」

怒りで頬を赤くし、聞こえよがしにつぶやくお多喜の袖を、お園がいつものようにそっと引いてたしなめる。だがお園自身も、そして他の筆子たちも、明らかに不満そうだった。

筆子たちを無視して去ろうとするお千代に、初瀬は声をかけた。

「皆にあいさつをなさい」

お千代がくるりと振り向く。

「明日からまたよろしくね」

無表情に早口でそれだけ言うと、お千代は足早に教場を出て行った。

「何あの態度。ああ、腹が立つ」

息巻くお多喜にお園がうなずいた。

「ほんと。嫌だね」

お梶がぽつりと言った。

「あたしお千代ちゃんって苦手」

「私も。話しかけても無視されそう」

筆子たちは顔を見合わせほうっとため息をついた。

†

次の日、お千代は何食わぬ顔でやって来た。教場では、向かって右からお多喜、お園、お梶、八重の順に座っているのだが、お千代の机は、八重の隣に置かれることとなった。

お千代は、以前からの続きである「女大学宝箱《おんなだいがくたからばこ》」を教本に使っていた。貝原益軒《かいばらえきけん》の「和俗童子訓《わぞくどうじくん》」の抄出に、源氏《げんじ》物語や百人一首を加えたものである。

他の筆子たちも同じ物を学んでいる。「女大学宝箱」を終えたら、商家の娘たちには「女商売往来《おんなしょうばいおうらい》」を、八重には「女四書《おんなししょ》」をそれぞれやらせるつもりだった。

あと算術は、商家の嫁が習っておいて損はないし、武家奉公においても必要になることがあると初瀬は考えていた。なので、寛永《かんえい》四年（一六二七）に書かれてからずっと教本として使われている吉田光由《よしだみつよし》による算術書の「塵劫記《じんこうき》」も、易《やさ》しいところから少しずつ教えていきたい。

これから筆子たちが世の中を渡っていく上で、役立つことは何でも身につけさせてやりたかった。手習い所の師匠ができることなど、もちろんたかが知れている。それでも初瀬は、ひとりひとりのために力を尽くすと心に決めていた。

それにしても……。一心に手習いをしているお千代を見やりながら、初瀬は物思いにふけった。

なぜお千代は心花堂へ戻って来たのだろう。ひっかかるのは、昨日もそして今日もお千代がひとりだったことだ。

普通ならば母親が付き添うところだろう。たとえ昨日はお千代の独断でここへやって来たのだとしても、正式に通うことになったのだから一緒にあいさつに来てもおかしくない。

心花堂への復学を反対されているのだろうかとも思ったが、娘に甘い親たちのことだ。許されたから通うとお千代が言い張れば、折れるに決まっている。

それに、昨日まで通っていた手習い所はどうしたのだろう。勝手に辞めれば親に知らせが行くはずだ。

ひょっとして、しばらく休むとでも言ったのだろうか。それならば、何食わぬ顔で家を出て心花堂へ来ることができる。

家の者は、ここへ通っているとは思いもよらぬのであいさつがない。こんなところだろうか。

折を見て、心花堂へ戻ったことを親に話すつもりなのかもしれない。初瀬は許したが、筆子たちが自分のことを良くは思っておらぬことを、お千代とて承知しているだろう。

筆子たちともめて喧嘩《けんか》でもしたら、再び初瀬に叱られて通えなくなるかもしれない。そう思って親に内緒にしているのではあるまいか。

そうだとして、どうしてそこまでして復学したいのか。初瀬の思考はまた元へと戻る。だが、いくら考えても答えは出なかった……。

やがて昼になった。手習い所では、家に帰って昼食《ちゅうじき》をとる子どもが多いのだが、筆子たちは弁当を持参していた。どうやらおしゃべりをしながら食べるのが楽しいらしい。

以前から先代師匠の久乃によって、弁当の中身は小ぶりの握り飯ふたつか、ふかし芋に限ると定められていた。家の事情で粗末な弁当しか持たせてもらえない子が、肩身の狭い思いをしないようにということなのだそうだ。

初瀬はそれをお藤から聞かされて、今さらながら久乃の細やかな心遣いに感じ入った。自分はとてもそこまで気が回らない。

四人の筆子たちは、教場の隅《すみ》で弁当を広げて食べ始めた。一方お千代は、己の机で弁当をつかうつもりのようだ。

大店の娘のものらしくお千代の弁当は豪勢だった。やはり……、と、初瀬は心の中でうなずいた。

思った通りお千代は、家の者に心花堂へ来ることを話していないのだ。そのため、弁当を握り飯にしてもらえなかったと考えれば辻褄《つじつま》が合う。

もしや弁当のことでもめるのではないか……。本来なら母屋《おもや》に戻って昼餉《ひるげ》を食すのだが、もう少し教場にいたほうがよさそうだ。初瀬は手元に置いてある「塵劫記」を読み始めた。

談笑している筆子たちに背を向け、お千代は中身を隠すようにして弁当を食べている。やがて気遣わしげにちらちら見やっていたお梶が立って来て、お千代に声をかけた。

「お千代ちゃん、皆で一緒に食べようよ」

びくりと肩を震わせたお千代は、素早く弁当箱のふたを閉めて振り向いた。

「いいから放《ほう》っておいて」

ああ……。初瀬は小さくため息をついた。いくら驚いたからとはいえ、そのようにつんけんせずともよいものを。もう少し言い様があるだろうに。

お梶の顔が見る間に曇った。

「ごめんなさい」

「謝ることなんかないよ、お梶ちゃん」

お多喜がずかずかとお千代の前に回った。

「親切にしてくれたお梶ちゃんに、なんて口のきき方をするのよ。大店の娘だからっていい気にならないで」

どうしてこの年頃の女子は、相手が最も頭にくる言葉をこうも易々《やすやす》と申してしまうのだろう。初瀬は頭痛を覚えた。

案の定箸を机に叩《たた》きつけ、お千代が勢いよく立ち上がった。

「いい気になってなんかない」

「なってるよ。勝手に心花堂を飛び出したくせに、しゃあしゃあと戻ってきてさ。わがままにも程がある」

いつもはお多喜を止めるお園がつけつけと言った。

「自分が悪いからお師匠様に叱られたんでしょ。それなのに癇癪《かんしゃく》を起こしたりして。あんたのせいで皆が辞めて、心花堂の筆子はたった四人になっちゃったんだよ。普通は戻って来れないよね。ずうずうしいったらありゃしない」

「あたしは誰も誘ってない。あの子たちが勝手に辞めたんだ」

くちびるをかみしめてうつむいているお梶の肩にそっと手を置き、黙って聞いていた八重の顔色が変わった。

「誘わなくても、お千代ちゃんが辞めたことがきっかけになったのは間違いないんだよ。それでも自分に責めはないって言い切れる？　お師匠様がどんなに辛い思いをなさったか考えたことはあるの？」

お千代がぷいっとそっぽを向いた。

「そんなの知らない」

「何ですって！」

お多喜とお園、そして八重がお千代に詰め寄った。

「ねえ。どうしてお千代ちゃんは、心花堂へ戻ろうと思ったの？　あたし知りたい……」

皆が一斉にお梶を見た。お梶は恥ずかしそうに頬を染めたが、お千代の目を見ながら再び口を開いた。

「だってすごく勇気がいることだもの。あんなふうに飛び出しちゃったら、普通は戻って来られないでしょ。何か理由《わけ》があるんじゃないかと思って」

ている。

お多喜の言葉にお園と八重もうなずいた。お千代はそっぽを向いたまま黙りこくっている。

そろそろ潮時だと初瀬は思った。

「やれやれ。皆、このままではおさまらぬという顔をしていますね。わかりました。それでは話し合いをいたしましょう。それぞれが相手に対して思うていることを申すのです。昼餉を食べながら考えをまとめると良いでしょう。私も母屋で昼をすませてきます」

腹が減っていてはいらいらが増すばかり。ここは握り飯を食べながら頭を冷やすのが良策だろう。

†

今日は筆子たちが順番を決めた。お多喜、お園、お梶、八重、お千代の順に話すとのことだ。

「あたしはお千代ちゃんはわがままだと思います。お千代ちゃんは、自分を叱ったお師匠様に腹を立てて心花堂を辞めました。でも叱られたのは、お師匠様の言いつけを聞かず、お千代ちゃんが手習い中にしゃべったからです。元々の非はお千代ちゃんにあります。それだけでも身勝手なのに、今度は知らん顔をして戻って来ました。あんなに啖呵《たんか》を切って辞めたら、お師匠様や筆子の皆に気まずくて普通は戻りたくても戻れません。あたしだってわがままなほうだけど、なるべく気をつけるようにしています。お千代ちゃんは自分の思い通りにし過ぎです」

話し終わったお多喜が「ああ、すっきりした」とつぶやいたので、初瀬は思わずくすりと笑った。

「思っていたのとほとんど一緒のことをお多喜ちゃんが言ってしまったので、違うところだけ付け加えて言います。お千代ちゃんが出て行ったせいで次々筆子が辞めて、四人になってしまいました。皆が勝手に辞めたにしても、八重ちゃんが言ったみたいにきっかけになったのは間違いないんだから、自分には関《かか》わりがないって知らんぷりするのはひどいと思います。心花堂の筆子としてこれからやっていくのなら、お師匠様に謝るのが筋だと思います」

常に周りに気を配るお園らしい考えだ。なかなかに頼もしい。

「あたしだったらお弁当を一緒に食べようって言う勇気がないから、お千代ちゃんを誘ったんだけど、そうじゃなかったみたいでごめんね。あたしもお千代ちゃんが辞めてからいろいろ思ってたし、戻るって聞いてびっくりしたんだけど、お師匠様から許しをもらったんだからもういいんだって思うことにしました。さっきも言ったけど、どうして心花堂へ戻って来たのかその理由《わけ》を知りたいです」

お梶がうっすら涙ぐんでいるのは、お千代を気遣ってのことだろう。その優しい心根をこれからも大切にしてほしい。

「私は、お千代ちゃんが自分のことばかりで、人の気持ちを思いやることができないところが良くないと思います。さっきお梶ちゃんが誘ってくれたのだって、その気持ちを考えたらあんな口をきけるはずがない。心花堂を飛び出したのも、また戻って来たのも、皆が辞めたのは自分に関わりがないって言ったのも、全部お千代ちゃんが他人の気持ちがわからない人だからっていうことで得心がいきます。でもお千代ちゃんも、今のままではいけません。私は割に意固地で、人の親切を素直に受けられないところがあります。でもここの皆と仲良くなってからは、それではだめだと考えるようになりました。少しずつ自分の悪い癖を直していきたいです」

お千代の内心まで踏み込んだ鋭い意見だった。しかしそれを我が身に引き比べ、共に精進しようと言っている。八重も随分成長したものだ。初瀬はしみじみうれしかった。

さて、お千代は何と答えるのだろう。心配でもあり、楽しみでもある。背筋を伸ばしたまま表情ひとつ変えずに皆の話を聞いていたお千代は、ほんの少しの間目を閉じてから話し始めた。

「まず最初に。お梶ちゃん、ごめんなさい」

お千代がぺこりと頭を下げたので、残りの筆子たちは目を丸くした。

「白状するとあたしが人にちゃんと謝ったのはこれが初めてです。どれだけわがままなのかって自分でもあきれてしまいます。誘ってもらってとてもうれしかったんだけど、今日は大《おお》お師匠様の言いつけを守ってないお弁当だったから、どうやって言い訳しようって考えたら頭がごちゃごちゃになってあんな言い方をしてしまいました。実はあたし、心花堂へ戻ったことを家の誰にも話してなくて。だからお弁当もお握りにしてって言えなかったんです」

一気に話したお千代はほうっとため息をついた。他の皆はひと言も発さずお千代を見つめている。

「あたしが心花堂に戻りたいと思ったのは、お師匠様がえこひいきをせずちゃんと叱ってくださったからです。親きょうだいも親類も友だちも、皆あたしの言いなりで、叱るなんてとんでもないこと。だからお師匠様に大声でひどく叱られたときは、ものすごく腹が立ってこんなところへ二度と来るもんかって思いました。でも、日にちがたつと考えが変わったんです。新しく通い始めた手習い所のお師匠様は、あたしのことを腫《は》れ物《もの》扱いします。あのときお師匠様にしたみたいにわざとしゃべってみても、他の子を怒るくせにあたしには素知らぬ顔。小さい頃なら優しいお師匠様だって思ったんだろうけど、今は大店の娘だからひいきされてるんだってことくらいすぐにわかる」

あの頃の初瀬は本当に未熟だった。だが、手習いの場では誰もが平等でなければならぬということだけは貫いた。それがお千代の心に響いていたのだ。初瀬は涙ぐみそうになった。

「そして、その子を良くしようと思って叱るんだ。叱ってくれる人のほうがいい人なんだってことにやっと気が付いたんです。このままずっと皆に甘やかされたらあたしはろくな者にならない。これは何とかしなけりゃ大変だっていてもたってもいられず、ここへ戻ることにしました。えーと、今皆にいっぱいいろんなことを言われたけど、あたしのことを思って言ってくれたんだってことにして我慢するつもりなので、あんまり心配しないでください」

「お千代ちゃんってやっぱり自分勝手」

あきれるお多喜にお園がうなずく。

「ほんと。自分のことしか考えてない」

そして筆子たちはどっと笑った。釣られて笑いながら初瀬は、お千代の身勝手だが必死な思いに心を打たれていた。そうか。そういうことであったのか……。

「お千代ちゃん、お師匠様にきちんと謝らなきゃだめだよ」

八重の言葉にお千代は素直にうなずくと、初瀬に向かって深々と頭を下げた。

「お師匠様、いろいろ申し訳ございませんでした」

初瀬はふわりと笑った。

「あの頃はまだ私も、手習い所の師匠というものに慣れておりませんでした。今なら頭ごなしに叱らずとも、もっと他にやりようがあるでしょう。だから私もお千代に詫《わ》びねばなりませせぬ」

頭を下げる初瀬に筆子たちは驚いた。

「そ、そんな。お師匠様、滅相もない……って、私じゃなくてお千代ちゃんが言わなけりゃならないんだよ」

八重につつかれたお千代は大あわてだ。

「え？　あ、め、滅相もない。これでいいの？　お辞儀もしたほうがいい？」

ぺこりと頭を下げるお千代に初瀬は吹き出した。

「どうしてこう、お千代ちゃんって偉そうなの」

お多喜が顔をしかめたので、皆がわあっと笑った。

「ねえ、お千代ちゃん。昨日お師匠様に心花堂へ戻っていいって言われたのに、どうしてまだ家の人に話してないの？」

お園に尋ねられてお千代がうつむく。

「だって。お師匠様は許してくださったけど、あんたたちはどうかわかんないから……」

「え？　じゃああたしたちが嫌だって言ったら、あきらめたってこと？」

お千代は頬を赤くしてもじもじしていたが、やがてこくりとうなずいた。

「なあんだ。お千代ちゃんって意外と弱気」

お多喜がけらけらと笑う。

「私は、お千代ちゃんが戻って来たこと別にかまわないよ。嫌だって人はいないよね？」

八重の言葉に皆がうなずく。お千代がそっぽを向きながら、ぶっきらぼうに「ありがとう」と言った。

3

長かった梅雨も明け、夏がやってきた。「暑い」と文句を言いながらも筆子たちはどこか楽しそうだ。

「おや？　筆子がひとり増えてるじゃねえか。よかったな」

多聞があいさつもせずに、ずかずかと教場に入って来る。今日は非番であるらしく、舛花色《ますはないろ》の単衣《ひとえ》の着流し姿だった。

相変わらずな人だと初瀬は思った。だが不思議と嫌悪感はない。お千代が八重に小さな声で尋ねた。

「誰？　あの人」

「南町の同心で朝比奈様」

お千代が眉根を寄せる。

「同心がなぜ、手習い所に？」

「ひと言では説明できないから、あとで教えてあげる」

「おい。そこの新入り。どこの娘だ？」

むっとした様子でお千代がつけつけと答えた。

「廻船問屋渡海屋のお千代と申します」

多聞がにやりと笑う。

「へえ。お前さんが、お師匠様に叱られて怒って飛び出したってえ筆子か。なんでまた戻って来たんだ？」

顔色を変えたお千代の袖を、八重がそっと引く。初瀬は苦笑した。

「まあ、その話はあとだ。その後奇妙な物は置かれちゃいねえか？」

多聞の問いに、初瀬は「いいえ」と答えた。思えばお千代に振り回されたせいで、あの出来事は頭の隅に追いやられてしまっていた。

「そうか。ならいいんだが。あれからあちこち聞いて回ってみたが、ここで起こったような変な出来事は他のどこでも起こっちゃいない。こりゃあやっぱり心花堂だけを狙ったんだと思う」

初瀬は背中がぞくりとした。筆子たちも心配そうに顔を見合わせている。

「白飯のおひねりに、ずたずたの端切れ、わら人形……。いったいどういう魂胆《こんたん》で置いたのかは本人にしかわからねえ。そこが気味の悪いところだ。わら人形からもう十日以上たってるな。このままおさまってくれりゃいいんだが」

「……ひょっとして、あたしがこの門のところに置いたお握りと花瓶敷《かびんし》きと根付《ねつけ》のことですか？」

一瞬沈黙が流れたあと、皆が「ええっ！」と叫んだ。多聞がたもとから端切れとわら人形を取り出した。

「どこをどうやったら花瓶敷きと根付に見えるんだろうな……。お千代はいったい何のためにこんな物を門のところに置いたんだ」

お千代が口ごもる。初瀬はにっこり笑った。

「理由《わけ》を教えてください、お千代」

うなずいたお千代が、頬を染めながら口を開いた。

「心花堂へ戻りたいとお願いに行くのに、お師匠様に何か差し上げたほうがいいかなと思ったんです。買った物じゃ心がこもってないから、自分で何か作ろうって。今までそういうのやったことがないからあんまりうまくいかなかったけど。でも、いざとなったら足がすくんで中に入れなかったので、門のところに贈り物だけ置いて帰ってきました」

「三度それを繰り返したってわけだな」

「はい。四度目も贈り物を持って行ったんですが、お師匠様にあっさり許してもらえて有頂天になっちゃって、お渡しするのを忘れて帰ってしまいました」

多聞が顔をつるりとなでて天井を仰いだ。

「暑い中駆けずり回って損しちまったぜ。でも、いじらしいことするじゃねえか」

ぷいっとそっぽを向くお千代に、筆子たちが微笑む。初瀬は胸が熱くなった。

「よし。皆で豆大福を食おう。買ってきたんだ」

「ありがとうございます。でもあたしたち、今日は用事がありますのでこれで失礼させていただきます。お師匠様、ありがとうございました」

お多喜が両手をつかえ頭を下げた。お園とお梶、八重もあいさつをして立ち上がる。

お千代もあわててお辞儀をし、皆のあとを追った。

†

心花堂の門を出たお千代が口をとがらせた。

「ねえ。皆、どうして帰っちゃうの？　あたし、あの同心に言われっぱなしだったから、ちょっと言い返してやりたかったのに」

「朝比奈様は、口が悪いだけでちゃんとしたお方だよ。私たちもいろいろ助けてもらった」

「どういうこと？」

「長くなるから歩きながら話そう」

お千代は筆子たちから、お園が泥酔した浪人に斬《き》られそうになった話と、小間物屋の手代《てだい》を名乗る男にお梶が盗人に仕立て上げられて金を強請り取られそうになった話を聞かされた。

「へえ。朝比奈様っていい人なんだね。でもそれなら一緒に豆大福を食べればよかったのに」

お多喜が意味ありげに笑う。

「それがそうはいかないの」

「どういうこと？」

「もしかしてだけど、朝比奈様はお師匠様のことが好きなんじゃないかなって。だったらあたしたちは遠慮したほうがいいでしょ」

「えっ！　何それ！　ほんと？」

「証拠はないんだけどね。まあ女の勘ってやつ。だけど豆大福はお師匠様の好物なんだよ」

「わあ！　じゃあきっとそうだよ」

「どうして皆、豆大福を持って来るんだろうね」

「皆って、誰か他にもいるの？　教えて、お梶ちゃん」

「あ、えーっとね。三枝様って言って、お師匠様がご祐筆をつとめていたお旗本のお屋敷の方」

「三枝様は本当にお師匠様のことが好きなんだよ。十二年もの間思い続けてるらしい。あ、お千代ちゃん、ここだけの話だからね」

「うん、大丈夫。お多喜ちゃん。あたし他に友だちいないもん」

「え？　心花堂へ一緒に通ってた子たちは？」

「あの子たちはおべっかしか言わないから。嫌なことでもきちんと注意してくれるのがほんとの友だち」

お多喜がにっこり笑った。

「そっか。そうだね。ねえねえ、三枝様のときみたいに、皆で朝比奈様を待ち伏せしない？　それでまたいろいろ聞いちゃおうよ」

†

「遠慮しないで冷たいうちに食っちまいな」

多聞はくず餅をほおばった。弾力のある独特の歯ごたえが、黒蜜《くろみつ》の甘さときな粉の風味に相まってなかなかにうまい。

心花堂の五人の筆子たちが、「いただきます」と声をそろえてあいさつをした。くず餅を口にした途端、笑みがこぼれる。

五人とも貸本屋の店先で油を売っていたのを、くず餅をおごってやると言って茶店へ連れて来たのだ。

「お千代は、お師匠様がえこひいきしねえで叱ってくれたのが気に入って、心花堂へ戻ったんだってな」

「気に入ったっていうんじゃなくて自分のためになるからです。甘やかされてばかりではいけないってわかったので」

「そうかい。気が付いて良かったな」

「はい」

「それにしても、ずいぶん思い切ったことをしたもんだ」

「そうでしょうか」

「おもしれえ子だな」

「ありがとうございます……でいいんだよね、八重ちゃん」

「うん。たぶん」

へえ、仲良しってやつか……。大店の娘と貧しい浪人の娘が友だちになれるんだから、やっぱり子どもってのはいい。

「まあ、お師匠様も偉いよな。お前たちのようなのと、飽きずに毎日付き合ってるんだから」

「あたしたち、皆、お師匠様のことが大好きです。もしかして朝比奈様もそうなんですか？」

多聞はにやりと笑った。

「おっと、お多喜。その手には乗らねえぜ。豆大福を買って行ったからそんなことを考えたんだろうが、俺はお師匠様のことを何とも思っちゃいねえよ。残念だったな」

この年頃の娘たちは何でもすぐ色恋に結び付けたがるからな。まったく仕様のねえ奴《やつ》らだ。

「なあんだ。つまらない」

お多喜の言葉に筆子たちはどっと笑った。

「あ、そうだ。三枝様のことを朝比奈様に相談してみようよ」

「そんなのだめだよ。お多喜ちゃん」

かぶりを振るお園に多聞は尋ねた。

「三枝様ってのはいったいどこの誰だ？」

「えっと、あの……お師匠様がご祐筆をつとめていたお屋敷の方です。ご当主の弟様で伊織様とおっしゃいます」

「部屋住みだな。そいつが何かしたのか」

お多喜が勢い込んで言った。

「お師匠様のことを、もう十二年も思い続けていらっしゃるんですって」

「好きだって言ってねえのか。意気地無しだな。まあ、気付かないお師匠様もお師匠様だが……」

「どうしてあげればいいのかなと思って」

「放っておけ」

くず餅を口に入れ、くちゃくちゃとかむ。くそ甘い。やっぱりこれは女子どもの食い物だな。

「ずっと黙ってるのにはそれなりの理由《わけ》があるんだろう。それにな」

多聞は筆子たちの顔を見回した。

「子どもには、子どもの守るべき分ってもんがある。大人の色恋に口出しするんじゃねえ。十年早いぞ」

†

なんだってあいつらはあんな話を俺にするんだ。初瀬がどこの誰とくっつこうと知ったこっちゃねえ。

筆子たちと別れたあと、どこかで酒を飲むつもりだったがやめにした。なぜか急に疲れを覚えたのだ。役宅へ戻って早く寝ることにした多聞はせっせと歩いた。

日はようやく西に傾きかけたが、まだじりじりと容赦《ようしゃ》なく照りつけている。風もそよとも吹かぬ。

部屋住みの野郎、いったいどんな奴なんだろうな。歳や背格好くらい聞いておけばよかったか。

いいや。そんな必要はない。どうせ気弱で女々しいに決まってら。部屋住みの身で嫁をもらおうなんぞ厚かましいにも程がある。

……でも、五百石のお旗本だからなあ。不浄役人の俺とは違うんだろうよ。って、おいおい、どうして俺が出て来るんだ。

俺は別に何とも思っちゃいねえ。ただお藤のいれる茶がうまいから、時々立ち寄ってるだけだ。

まあ、行けば世間話くらいはする。あ、そういえば、三枝って旗本の家の話は聞いたことがねえな。

今度さぐってみるか。う、何で俺がそんなことをする必要がある。あんな色気のない女、俺は御免だぜ。

部屋住みの奴が思いを告げたら、初瀬は夫婦になるんだろうか。初瀬はいくつだ？

そうだ確か三十って聞いたぞ。ふん。年増《としま》も年増、とんだ大年増じゃねえか。

十二年も黙ってたんだ。言わねえだろ。ってか、言えねえだろ。そんな根性があるとはとても思えねえ。

初瀬も「うん」と言うとは限らないからな。もうちょっとましな男を選ぶんじゃねえのか？　ああ、きっとそうだ。

それにいくらにぶいっていっても、十二年もの間部屋住み野郎の思いに気付かないはずがねえ。きっと知ってて知らぬふりをしてるんだ。

つまり初瀬は、部屋住みと夫婦になる気はねえってこと。そうだよ。そうだよな。

絶対そうだ。

だけど初瀬が本当に気付いてなかったとしたら？　あいつのにぶさは半端ねえぞ。

それに仕事一筋だっただろうし……。

ああっ！　もうっ！　こんなくそ暑い日に、何で俺はさっきから初瀬のことばっかり考えてるんだ。多聞は足を止め、手ぬぐいで顔の汗を拭いた……。

†

「長らく無沙汰《ぶさた》しちまってすまなかったな、与七《よしち》」

しゃがみ込んだ多聞は、人の頭くらいの大きさの黒っぽい石に向かって手を合わせた。八丁堀《はっちょうぼり》の役宅へ帰るつもりだったが、ふと思いついて深川の萬徳院へやって来たのだ。

与七というのはいわゆるごろつきで、やくざにあこがれてうろちょろしているうちに、喧嘩に巻き込まれて死んだ不運な男だった。歳はたしか二十そこそこだったはず。

当時、多聞は亡くなった兄の跡を継いで定町廻りになったばかりで、己がもっとうまく立ち回っていたら、与七は死なずにすんだかもしれぬとずいぶん悔《く》やんだ。与七が小さい頃にふた親と死に別れ、天涯《てんがい》孤独の身の上だったこともあり、亡骸《なきがら》を引き取って、与七の棲家《すみか》にほど近い萬徳院に葬《ほうむ》ったのだった。

めったに墓参りも来てやれねえが、ちゃんといつもきれいにしてくれてありがたいことだ。今度菓子折りでも持って一度住職にあいさつしなきゃな。多聞は供えられた桔梗《ききよう》の花と豆大福を眺《なが》めた。

「いつになるかわからねえけど、また来るからな」

やっぱりどっかで飲んで帰るか……。多聞は足を止めた。桔梗と豆大福が供えられた墓に目が留まったのだ。桔梗の花のしおれ具合が与七の墓のものと同じだった。

俺は馬鹿だ。与七の墓の守をしてくれていたのは寺じゃない。この墓に参ってるやつだ。

考えてみれば、与七の墓のことを寺に頼んだ覚えはない。頼んでもいないことをしてくれるわけがないのだ。

いったいどこの誰が、十年もの長い間墓の掃除をし、花や菓子を供え続けてくれたのだろう。多聞は墓石に刻まれた名に目をやった。

「匂坂大造《こうさかだいぞう》、雪乃《ゆきの》……あっ！　こりゃあ、初瀬のふた親だ！」

なんてこった。与七の墓守をしてくれていたのは初瀬だったのだ。多聞はがくりと地面に両膝をついた。

自分の好物を供えてやがる。世話ぁねえぜ。笑おうとしたが、なぜか無理だった。いきなり初瀬の姿が多聞の頭に浮かび、心の臓がどくんと音を立てて跳ねた。

おいおい、何だ。いったい俺はどうしちまったんだ。ひょっとして……。いや、まさか。そんなはずはない。

俺があの女に惚《ほ》れてるだなんて、そんな馬鹿なことがあってたまるか!

第四話　小弥太

1

暑い……。心の中でつぶやきながら、初瀬《はつせ》は母屋《おもや》から教場へ向かった。ネギとミョウガの薬味で食べた昼餉《ひるげ》の素麺《そうめん》で一瞬の涼しさを味わったが、やはり暑いものは暑いのだ。

昨日は夕立ちのおかげで一気に涼しくなり、生き返る心地がした。もっとも筆子《ふでこ》たちはちょうど帰る途中だったため、皆ずぶ濡《ぬ》れになってしまったらしい。

教場に入って席に着くと、初瀬は背筋を伸ばした。お園《その》が口を開く。

「お師匠様《ししょうさま》。あたしたち昼ご飯のあとちょっと外へ出たんですけれど、門のところに男の子が立っていました」

「どんな子でしたか？」

「八つくらいのお武家の子で、色が白くて女子《おなご》のようなかわいらしい顔でした。『心《こ》花堂《はなどう》に何かご用ですか』って尋《たず》ねたら、かぶりを振ってぱっと走って行ってしまいました」

色白で女子のような顔立ちの武家の子どもに、初瀬は心当たりがあった。三枝《さえぐさ》家の当主兵庫《ひょうご》の末子の小弥太《こやた》である。歳《とし》は十になるが小柄なので、もっと幼く見えても不思議ではない。

三枝の屋敷は本郷御弓町《ほんごうおゆみちょう》にある。身体《からだ》の弱い小弥太にはかなりの道のりである。それに加えてこの暑さだ。昼も食べておらぬだろう。初瀬はにわかに心配になった。

「私の知っている子どもかもしれません。ちょっと見て来ますから、手習いを続けていてください」

初瀬は急いで外に出た。門のところには誰《だれ》もいない。帰ってしまったのだろうか……。

帰路で倒れる小弥太を想像した初瀬は、照りつける日ざしに焦《あせ》りを覚えた。しばらく近くを探してみよう。

駆け出そうとした初瀬の目の端に白っぽい物が映った。はっとして見やると、隣家の塀《へい》の陰から着物の袖《そで》がのぞいている。

小弥太だった。白菫《しろすみれ》色の着物に瑠璃紺《るりこん》色の袴《はかま》を着けている。

「小弥太様」

塀にもたれ、うつむいていた小弥太が顔を上げた。

「初瀬！」

小弥太が、喜びと安堵《あんど》とがないまぜになったような泣き笑いの表情になった。思わず初瀬は地面に膝《ひざ》をつき、小弥太の小さな両手を握った。

「筆子が門のところで見かけたという男の子が、もしや小弥太様ではと思い出て参ったのです。お会いできてほんにようございました。ここまでおひとりで来られたのですか？」

小弥太がこくりとうなずく。

「ひょっとして、黙ってお屋敷を出て来られたのでしょうか」

しばらくもじもじしていた小弥太が再びうなずいた。

「やはりそうだったのですね。それは皆様、さぞご心配なさっていらっしゃることでしょう。うちの政吉《まさきち》にお屋敷まで知らせに行ってもらいます」

「ごめんなさい」

「よろしいのですよ。さあ、中へお入りください。お藤《ふじ》に素麺を作ってもらいましょう」

これが筆子たちなら小言のひとつも言うところだが、小弥太には、つい甘くなってしまう。それどころか久しぶりに小弥太に会えた初瀬の心は、うきうきとはずんでいた。

政吉に使いを頼んだ初瀬は、お藤が素麵を用意している間、小弥太を井戸端へ連れて行き濡らした手ぬぐいで汗を拭いてやった。

「座敷よりも、こちらのほうが涼しゅうございますのでお持ちいたしました。さあ、お召し上がりくださいませ」

縁側に座ってうれしそうに素麵を口に運ぶ小弥太に、初瀬とお藤は目を細めた。

「小弥太様、お食事が終わられたらしばらくお昼寝をなさいませ。私は筆子たちの手習いの続きをして参ります。あとでおやつを食べながらたんとお話をいたしましょう。お藤、小弥太様をお願いね」

「はい。かしこまりました」

†

「すっかり遅うなってしまいました。ごめんなさい。それからお礼を申さねばなりませぬ。皆が門のところで会《お》うた男の子はやはり私の知り合いでした。伊織《いおり》様のお兄上であるご当主兵庫様の末のお子様で小弥太様と申されます。私に会いたくて、黙って屋敷を出て来てしまわれたのです。やって来たものの何と言って中に入ろうかと、いろいろ迷うておられたようです。教えてもらわなかったら小弥太様が帰ってしまわれるところでした。ありがとう」

頭を下げる初瀬に、筆子たちもあわてて礼をする。

「小弥太様はお身体が弱くていらっしゃるのです。本郷のお屋敷からここまで歩き通しで往復したら、お屋敷に帰りつくまでに暑さ負けしてきっと倒れてしまわれたでしょう。ほんによかった」

お園が尋ねた。

「お師匠様、小弥太様はおいくつなのですか」

「十になられます。でも小柄だし女の子のようなお顔立ちだから、もっと幼く見えますよね」

「お旗本のお子様だけあって、やっぱりうちのがさつな弟とは大違いです」

「あ、八重《やえ》ちゃん。あたしも同じこと思った」

「あたし、小弥太様みたいな上品でかわいらしい男の子、初めて見た」

「お師匠様。小弥太様とお話しできますか」

初瀬はお千代《ちよ》にうなずいてみせた。

「あとでここへお連れしましょうね」

筆子たちが「わあっ」と歓声を上げる。

半刻《はんとき》（約一時間）程たった頃、足音をしのばせ小弥太がやって来た。教場の隅《すみ》にそっと座る。背を向けて手習いをしている筆子たちは、まったく小弥太に気付かなかった。初瀬も知らぬふりをしていつものように過ごす。

やがて首が凝《こ》ったのか、首をぐるりと回したお多喜《たき》が目を見張った。

「小弥太様！　やだ！　いつの間に！」

残りの筆子たちが一斉に後ろを向く。

「ほんとだ！」

「気が付かなかった」

「どうしよう」

「かわいい」

小弥太がにっこり笑った。それがまた文字通り花のような笑顔であったので、筆子たちはどよめいた。

立って来た小弥太が筆子たちの側《そば》に座り、物珍しそうに教本に見入っている。筆子たちは皆頬《ほお》を染め、小弥太に見とれていた。

やれやれ。この様子ではとても手習いどころではない。少し早いが今日はもうしまいにして、皆でおやつでも食べることにしよう。

「さあさあ。召し上がれ」

お藤が作ってくれたおやつに、初瀬も子どもたちと一緒に「おいしそう！」と叫びたかったのだが何とか自重した。小鉢に白玉が盛られ、少しゆるめの餡が上からたっぷりかかっている。

いつもなら飛んで来る大吉《だいきち》の姿が見えない。いぶかしく思っていると、初瀬の心を読んだかのようにお藤が笑いながら言った。

「大吉は久乃《ひさの》様のお部屋でお相伴にあずかっております」

大吉は久乃にもよく懐き、一緒に過ごすことも多い。大吉が伯母の心の慰めになっていることを、初瀬はうれしく思った。

初瀬は白玉と餡を木の匙《さじ》ですくい口に入れた。冷たい白玉と餡が涼味を呼ぶ。もちもちつるんとした白玉と、あっさりした甘さの餡がよく合っていてとても美味だった。

手習い所の師匠としては、はしたないのでお代わりを遠慮しておく。一方そんな頓《とん》着《ちゃく》のない小弥太も筆子たちも、うれしそうにお代わりをし夢中になって食べている。

初瀬は心底うらやましく思った。

「初瀬様」

お藤が笑って盆を差し出した。

「どうぞお代わりをなさいませ」

一瞬やめておこうと思ったのだが、甘味の誘惑に負けてしまった。小鉢をそっと盆の上に置く。

物欲しげな顔をしていたのだろうか。それともうらめしそうな目つきをしていたのだろうか……。

かなり盛りの良い小鉢をお藤から受け取りながら、初瀬は少し恥ずかしかった。しかしそれを顔に出さないようにつとめ、端然と白玉を口に運ぶ。

お藤の心づくしのおやつをたいらげた子どもたちは、皆満足そうにため息をついた。その表情を見ながら、やはり甘い物は人を幸せな気持ちにするのだと初瀬は感慨深かった。

「小弥太様はどこの塾へ通っていらっしゃるのですか?」

お多喜の問いに、小弥太は笑顔で答えた。

「塾には通わず屋敷で叔父上《おじうえ》に教わっておるのだ」

「叔父上様とは、もしや伊織様とおっしゃるのでは」

「よう知っておるのう、お園」

「以前、一度ここへいらっしゃったことがあるのです」

「あ、そうであった。叔父上から心花堂の話を聞いて、初瀬に会いとうてたまらぬようになってしもうたのだ」

「叔父上様は、私たちのことを何かおっしゃっておられましたか？」

小弥太は小首をかしげ宙を見つめた。伊織との会話を思い出しているのだろう。このようなしぐさもかわいらしくて初瀬は頬がゆるんだ。

「心花堂の筆子たちは、皆良い子たちだと申されていた」

「ほんとうですか？　小弥太様」

「お千代ちゃん、そんなこと言っちゃだめ」

お梶《かじ》にたしなめられたお千代が、「だって……」と言いながら首をすくめる。小弥太が頭をかいた。

「いや、すまぬ。本当は何も言っておらなんだのだ。ただ、それだと皆ががっかりするかと思うて……」

「せっかく小弥太様がお気を遣《つか》ってくださったのに、変なことをお尋ねしてしまってごめんなさい」

お千代があわてて頭を下げたので初瀬は感心した。小弥太の前では、お千代でさえ素直になるのだ。

他の筆子たちも、口々に「お心遣いありがとうございます」と言いながら頭を下げた。

ひいき目でなく、小弥太はとても優しい心根を持つ子である。屋敷でも皆にかわいがられていた。

誰もが小弥太を見るとつい笑顔になる。だがそのとき必ず一抹《いちまつ》の不安を感じてしまうのだ。

神様や仏様に望まれて、連れて行かれてしまうのではないか。この心配は、小弥太が病弱であるという事実に裏打ちされていた。だからあまり良い子というのも考え物だと、初瀬はいつも思っていた。

しかし身体の弱い子どもでも、『つ』がとれる頃には丈夫になると聞いたことがある。子どもの歳を数えるときに九つまでは『つ』がつくが、それ以降はつかない。つまり十まで育てば、無事に大人になることができるということだ。

小弥太は今年十になった。久しぶりに会ったが、背も伸びて太みも出たようだ。顔色もよく元気そうである。

このままつつがなく日々が過ぎますように。初瀬は半ば祈るような思いで小弥太を見つめた。

「それにしても、友と一緒に学ぶというのはうらやましい」

小弥太は小さなため息をついた。

「我が家は、皆叔父上に字や漢籍を教わる。私はきょうだいたちとは歳が離れておるのでずっとひとりなのだ。学問は嫌いではないが、叔父上とふたりきりでは息が詰まる心地がする」

「塾へはお通いにならぬのですか」

「それがな、八重。兄たちは皆十二で学問所や塾へ行き始めたので、私もあと二年と思うていたのだが、『小弥太は身体があまり丈夫でないゆえ、もう少し後』と叔父上に言われてしもうた。『その分俺がしかと教えてやる』とのことであったが、そこではないのだ……」

「ひとりぼっちって、つまんないよねえ」

お多喜が言うと、お園がうなずいた。

「寂しいし……なんだか小弥太様がお気の毒になってきちゃった」

「あたし、お園ちゃんとお多喜ちゃんが誘ってくれなくてひとりだったら、こわくて手習いに行く勇気がなかったと思う。皆が一緒でよかった」

「それに誰かいないと、張り合いがない気がする」

「あたしでさえひとりは嫌だもの」

「お千代ちゃんが言うと妙に説得力があるよね」

「え？　お多喜ちゃん。それってどういう意味？」

「あんまり深く考えないで」

　小弥太と筆子たちがどっと笑い転げる。小弥太はとても楽しそうだ。こんなに伸び伸びしている小弥太を見るのは初瀬も初めてだった。

　考えてみれば、上の子どもたちとは歳が離れた末子の小弥太は、今まで同じ年頃の子どもたちと話したり遊んだりしたことがほとんどないはずだった。皆小弥太をかわいがってくれるが、やはり遠慮があるのだろう。

　年上の者たちの間で、気を遣いながら暮らしているのやもしれぬ。初瀬は急に小弥太が不憫《ふびん》に思われた。

　三枝家の当主の兵庫は、子どもたちの教育をすべて末弟の伊織に任せていた。肩身の狭い思いをしている部屋住みの弟が、少しでも気が楽になるようにという配慮なのだろうと初瀬は考えている。また柔和で根気強い伊織には、確かにうってつけの役割であった。

　そういう事情は伊織も充分承知しているようだ。だからこそ熱も入る。敏感な小弥太のことである。もしかしたらそのあたりが、いささか窮屈《きゅうくつ》なのかもしれなかった。

半刻程楽しく過ごしたのち、筆子たちは名残惜《なごりお》しそうに帰って行った。

「小弥太が迷惑をかけてしもうてまことにすまぬ」

迎えに来た伊織が頭を下げるのを初瀬はとどめた。

「小弥太様は、私に会いとうなられておいでくださったのです。大変うれしゅうございました」

初瀬は、神妙にしている小弥太にふわりと笑いかけた。

「小弥太様、楽しいひとときをありがとうございました。今度はお屋敷の誰かとご一緒に、またいらしてくださいませ」

伊織が小弥太の肩を抱く。

「そなたがおらぬというて、皆大騒ぎであったのだぞ。ここへ来たければ、俺が連れて来てやるゆえ遠慮なく申せ」

小さな声で「はい」と小弥太が返事をした。

日はかなり西に傾き、暑さが幾分和らいでいる。肩を並べて帰る伊織と小弥太を見送りながら、初瀬はふと思った。

小弥太が心花堂に来ることを伊織に告げなかったのは、伊織の足を気遣ってのことではなかったのだろうか……。

2

初瀬が小弥太と再会してから三日後――。

「初瀬様。伊織様と小弥太様がおいでです」

筆子たちが帰ったあと教場で明日の準備をしていた初瀬は、お藤の声に驚いて顔を上げた。

「今日は頼み事があって参ったのだ」

伊織は両手をつかえ、初瀬に頭を下げた。神妙な面持ちの小弥太もそれにならう。

「小弥太を心花堂の筆子にしてやってくれ」

伊織があまりにも突飛なことを言ったので、初瀬は一瞬頭の中が真っ白になった。

はっと我に返ると、驚きがじわりと胸を這《は》い上がる。

「小弥太様を私の筆子に？　心花堂へお通いになると？」

「いかにも」

「し、しかし、ここは女筆指南《にょひっしなん》……」

「重々承知しておる。そこを曲げて、小弥太のたっての願いを聞いてやってはもらえぬか」

「兵庫様は何とおっしゃられているのでしょう」

「それがのう」

伊織はくしゃりと笑った。

「小弥太め。己の父を脅《おど》したのだ」

「まあ……」

「兄上はもちろん反対した。『男女七歳にして席を同じゅうせず。あと二年待って兄と同じ塾へ行けばよい』と。そうしたら小弥太が、身体の弱い自分は早死にするかもしれぬからそんなに長くは待てないと申したのだ。親の一番弱いところを突いたというわけだな」

伊織はどこか楽しそうである。小弥太はそ知らぬ顔をしているが、初瀬は小弥太の意外な一面を知らされ大いに驚いた。

「兄上は、あまりのことにしばらく口がきけなんだそうな。縁起の悪いことを申すではないと叱《しか》ったらしいのだが、たたみかけるように小弥太が、どうしても心花堂へ通って初瀬に教えてもらいたいのだと懇願《こんがん》してな。まあ、そこはそれ。我が家は皆、小弥太には甘い。結局兄上も折れたというわけじゃ」

「兵庫様がお許しになられたのなら、私に否《いな》やはございませぬが……。いったい何をお教えすればよろしいのでしょうか」

「何でもかまわぬ。初瀬が小弥太に良いと思うものを見繕《みつくろ》ってやってくれ」

「そう申されましても……」

小弥太がそれほどまでに己に教わりたいと思うてくれているのはとてもうれしい。だからその期待に応《こた》えて、少しでも小弥太の役に立つことを学ばせたいと思う。だがそれが何なのか、初瀬にはまったく見当がつかなかった。

困惑しているのが顔に出たのだろう。伊織が腕組みをし天井を見上げた。思案するときの伊織の癖である。

ふと思いついたことを初瀬は口にした。

「『商売往来』など筆子たちの使っている教本をお読みいただいたり、伊織様が以前おいでになったときにしておりました『話し合い』にも加わっていただいたりするのはどうでしょう。それを通して世の中にはいろいろな生き方や考え方があるのだということを、小弥太様にお教えするのです」

考え込んでいた伊織が、はたと手を打った。

「良い考えじゃ。まさに心花堂でしか学べぬこと」

「はい。それならば私にもできまする。いろいろ工夫して、後々小弥太様の糧《かて》となるものをお教えしたいと存じます」

「これで決まりじゃな。よろしゅう頼む。よかったのう、小弥太」

小弥太は深々と頭を下げた。

「お師匠様、入門をお許しいただきありがとうございます。どうぞよろしくお願い申し上げます」

小弥太に『お師匠様』と呼ばれた初瀬は、身が引き締まる思いがした。

「はい。こちらこそよろしゅうお願いいたします」

お藤が冷えた茶と水ようかんを運んできた。

「おお、緑の葉が涼しげじゃのう」

「あっ、流水紋がついておりますね。四角く切るよりも、この丸い形のほうが紋様がよう映りまする」

「筆子のお園の家、三幸堂《さんこうどう》で買い求めたのです。お園の兄が新しく考えたこの水ようかんと朝顔の葛饅頭《くずまんじゅう》は、なかなかの人気だそうです」

「お師匠様、この紋様はどうやってつけたのでしょう」

「小弥太様。筆子たちがおらぬところでは、いつも通り初瀬とお呼びください」

「では私のことも、皆と一緒のときには小弥太と呼び捨てに願います」

「はい。ではそのようにさせていただきます。底に流水紋を彫った箱に流し入れ、冷やし固めた後ひっくり返すとこのようになると、お園が申しておりました」

「菓子ひとつにもいろいろな工夫があるのだな」

「それは、食べる人のことを思う、職人の心の現われとも言えましょう」

「なるほど……。菓子を作っておるところを、私にも見せてもらうことはできるのであろうか」

「さあどうでしょう。お園に頼めば何とかなるやもしれませぬ」

もちろんお園は大喜びで、小弥太を店に案内するだろう。大喜びと言えば、小弥太と机を並べて手習いをすることになる筆子たちである。

きっと大騒ぎになるに違いない。無理もないことだが、釘《くぎ》を刺しておかなくては。あとそれぞれの親たちにも、小弥太のことをきちんと話しておいてもらおう。

もちろん小弥太に会えるようになっただけでもうれしいのに、筆子になってくれたのだから初瀬の喜びもひとしおだった。

あ、いけない。すっかり忘れていた。

「小弥太様はいつからお通いになられますか？　それに毎日というわけにもゆきませぬでしょう」

「そうなのだ。身体のこともあるのでな。俺が付き添うて、二日おきに通わせてもらおうかと思うておる。しあさってから参ってもよいだろうか」

「承知いたしました」

これからは、伊織とも三日ごとに会えることになる。初瀬は、何やら己の心がじんわりとあたたかくなる心持ちがした。

†

「皆に話しておくことがあります」

初瀬は筆子たちの顔を見回した。

「実は昨日伊織様と小弥太様がおみえになって、小弥太様が心花堂へ入門されることになりました」

ぽかんと口を開け間抜け面をしている筆子たちに、初瀬は吹き出しそうになるのを必死でこらえた。

「小弥太様が筆子になられて、あさってから二日おきにここへ通って来られるのですよ。皆と机を並べて手習いをされるのです」

「小弥太様が……」

「筆子に？」

「一緒に」

「手習いを」

「え、嘘《うそ》だ」

「本当です。私は、そなたらに嘘を申したりはいたしませぬよ」

「わあっ」と大歓声が上がった。筆子たちはお互いに手を握り合ったり、抱き合ったりして喜びを分かち合っている。

「でも残念。毎日じゃないんだ」

「毎日っていうのは、かえって困りものだと思う」

「そうそう。ずっとどきどきしてなきゃならないものね」

「小弥太様はどこに座るの？」

お千代の問いに一瞬皆が口をつぐむ。

「そりゃあ、あたしの隣に決まってる」

「うん。いいよ。反対側の隣はあたしだから」

「えっ、ずるい」

「こういうことは平等じゃなきゃ」

「お師匠様。机の位置を三日ごとに変えてもよいですか?」

だめだとはとても言えないと思いながら、真剣な表情の八重に初瀬は「ええ」と答えた。

「まずは一から五まで順番を決めて、最初は小弥太様の右に一、左に二。次は右に三、左に四。その次は右に五、左に一、そのまた次は右に二、左に三という具合に座って行けばいいんじゃないかな」

「すごく良い考え」

「うん。皆が小弥太様の隣に座れるね」

「やっぱり八重ちゃんって頭いい」

「あたしあとでくじを作るから、皆で引こう」

「それから小弥太様と一緒に手習いをすることになったと、今日帰ったら家の人にちゃんと話しておいてください。男の子と一緒に手習いをするのはいけないという家もあるかもしれませぬから」

「小弥太様なら大丈夫」

「その辺のはなたれ小僧じゃないものね」

「もしおとっつぁんがだめだって言ったら、親子の縁を切る」

「あたしも」

「あたしは家出しちゃう」

だんだん話が剣呑《けんのん》になってきたので初瀬は苦笑した。

「喜んだり楽しんだりするのはかまいませんが、手習いがおろそかになってはなりませぬよ」

筆子たちは神妙な面持ちでうなずいた。

†

昼餉をそそくさと食べた筆子たちは、お千代が作ったくじを引いて順番を決めた。八重がそれぞれの番号と名を書き写す。

「今日は誰と誰が小弥太様の隣になるのか、というのがちゃんとわかるようにしておくから」

「ありがとう。最初はいいけど、そのうちわからなくなってもめちゃうんじゃないかって心配してたんだ」

「あれ、お千代ちゃん。すぐにありがとうが言えるようになったね」

お園の言葉に、お千代が照れてそっぽを向く。

「そういうとこは変わってない」

お多喜がまぜっかえして皆が笑った。

「ねえ。小弥太様がいらっしゃるようになったら、お師匠様と三枝様のこと相談できるかもしれないね」

「あ、ほんとだ。ふふふ、お梶ちゃん、ずっと三枝様の味方だものね」

「違うよ、お園ちゃん。十二年も思い続けてるのに、何だかかわいそうだなあって。ただそれだけ」

「小弥太様なら三枝様ともお師匠様とも生まれた時からの付き合いだし、すごくかわいがられてるみたいだから、私たちよりもうまくふたりの仲をとりもてそうな気がする」

「うん。それに小弥太様はお優しいもの」

「そう。お千代ちゃんが気に入るくらいだものね。っていう冗談は置いておいて。小弥太様に相談するのは、ちょっと考えものだとあたしは思うな」

「どうして？　お多喜ちゃん」

「だって。うまくいかなかったら、三枝様とお師匠様気まずくなっちゃうでしょ。そうしたらきっと、小弥太様だって心花堂へ通いにくくなる」

「ほんとだ」

「気が付かなかった」

「ええっ、そんなの嫌だ」

「せっかく小弥太様に会えるようになったのに」

「それに、朝比奈《あさひな》様にだって言われたじゃない。『子どもには、子どもの守るべき分っていうもんがある。大人の色恋に口出しするんじゃねえ。十年早いぞ』って。だからやめよう。小弥太様に相談するの」

「うん。わかった」

「やめよう」

「大人の言うことは聞かなきゃね」

「朝比奈様に怒られちゃう」

3

「今日の話し合いは、小弥太が加わったのでいつもと趣向を変えてみましょう。以前、『近頃《ちかごろ》腹が立ったこと』という題目で、皆、男兄弟が自分たちに失礼なことを言ったりしたりするのは、女心のわからない野暮天《やぼてん》だからだ。と言っていましたが、覚えていますか?」

「はい」と筆子たちが答えた。普段ならば、お多喜が口火を切ってひとしきり無駄話で盛り上がるのだが、今日は皆とりすまして座っている。

手習いの最中もしんと静まり返っていて、針が落ちる音が聞こえるのではないかと思うほどだ。皆いつもの倍は進んだに違いない。

小弥太が来るとこうも違うものかと初瀬は感心していた。と同時に、いつまで続くだろうかとあやしんでもいる。

小弥太がいない日は、今まで通りに筆子たちは過ごしている。だから慣れてしまうまでのしばらくの間だけのことだろう。

「女子たちは、男のこういうところがわからないとか、変だとか、嫌だとか思うところを、反対に小弥太は、女子のここがわからぬ、変だ、嫌だと思うところをそれぞれあげなさい。そして小弥太は女子たちが言ったことについて、女子たちは小弥太が言ったことについて考えを述べるのです」

「小弥太様にあんまり変なこと言えないよね」

「うん。軽蔑《けいべつ》されちゃうかもしれないもの」

ささやき合っている女子たちに初瀬は言った。

「遠慮は無用です。お互いに言いたいことを申しなさい。そうしなければ何のためにもなりませぬよ。それから女子たちは先に考えを言い合って、誰かひとりがそれをまとめて言うこととします」

女子たちは教場の隅《すみ》に移動して話し始めた。小弥太は、自分の席に座ったまま腕組みをして考え込んでいる。皆真剣な顔をしているのがおかしかった。

四半刻《しはんとき》ほどして、初瀬は机をひとつの丸になるように並べさせた。小弥太から右回りに、お園、八重、お多喜、お千代、お梶という順番だ。

「では、まず小弥太から」

「えっ！　私からですか……」

小弥太が膝の上に置いた両の拳《こぶし》をぎゅっと握り、大きく息を吸った。頬が少し赤い。

女子たちがうっとりと小弥太の顔を見つめている。無理もない、と、初瀬は胸の内でつぶやいた。

「私は、五人きょうだいの末子です。兄が生まれたあと、順に女、男、女、男と生まれて、下の姉上は私と五つ離れています。きょうだいの中で一番近しいのですが、喧《けん》嘩《か》……というかよくやり込められています。頭が上がらないと言ったほうが正しいかもしれません」

女子たちがくすくすと笑う。

「不思議に思うのは、姉上が細かい事柄をよく覚えていることです。『八日前の夕餉の折、小弥太はこういう失礼な物言いをした』というふうによく申すのです。でも私は全然覚えていなくて、いつも怒られてしまいます。私のほうこそ姉上に失礼な言葉を投げつけられるのですが、しょっちゅうなので日にちなんてすぐに忘れてしまいます。中身だってそんなにはっきり覚えておりませぬ。どうして姉上はあんなくだらないことを、ちゃんと覚えていられるのでしょうか」

いったん言葉を切り、小弥太が『やれやれ、まったく』とでも言いたげな表情で深いため息をつく。

「それからもうひとつ。これも不思議なのですが、同時に嫌だからやめてほしいとも思っていることです。姉上と話していると話が飛びます。一昨日《おととい》も姉上が新しい簪《かんざし》を挿《さ》していたのに気付かなかったと叱られている最中、『私は桜餅《さくらもち》を食べたかったのに』と急に怒り出しました。姉上が桜餅を食べられなかったことと、私が新しい簪に気付かなかったこととにいったい何の関《かか》わりがあるのでしょうか」

その折の記憶がよみがえったものか、顔をわずかにしかめながら小弥太は話を続けた。

「いつも驚いてぽかんとしているとさらに叱られてしまいます。でも驚くなと言うほうが無理です。並んで歩いていたと思ったら姉上が突然三町（約三百二十七メートル）も先を歩いていて、私がついてこないと言って怒るようなものです。絶対についていくのは不可能です。できっこありません。でも姉上はついてきて当然だと思っているのです。その度に怒られるのですから、こちらはたまったものではありません。どうにかしてやめてほしいです」

小弥太が話している間、初瀬は必死に笑いをこらえていた。だがたまらずとうとう吹き出し、そのまま声を出して笑ってしまった。

女子たちも腹を抱えてげらげら笑っている。

「ああ、おかしい」

「小弥太様って面白い」

「笑い過ぎてお腹《なか》が痛い」

当の小弥太が涼しい顔で座っているので、よけいにおかしさがつのる。初瀬は目尻《めじり》の涙を指でぬぐいながら言った。

「さあ、次は女子側の番ですよ。誰が申すのでしょうか」

八重が「はい」と言いながら手を上げ居住まいを正した。お梶は気おくれしてしまうかもしれないし、お多喜では支離滅裂《しりめつれつ》になるかもしれず、お千代はおそらく明後日《あさって》のほうへ行ってしまう。お園は機転がきくのでそつなくこなすだろうが、筋道を立てて話すのは八重が一番うまい。なかなかどうして、筆子たちはお互いをよく見て知っていると、初瀬はひそかに感心した。

「『男の人のこういうところがわからない。または、嫌だ』のまずひとつ目は、以前にも出ましたが、女心がわからず失礼なことを言うところです。ふたつ目は理屈っぽいところ。世の中のこととか人の生き方などについて言うのはまあわかるのですが、味噌汁《みそしる》の実についてでさえ、なぜ豆腐とネギなのかさんざん理屈を並べ立てます。どうして『俺は豆腐とネギが好きだ』ではいけないのかわかりません」

「あ、うちのおとっつぁんだ」とついつぶやいてしまったお千代が、あわてて口をつぐむ。

「そして嫌なことがあったとき、理屈がつけば心がおさまらないのに納得しようとするところも変です。三つ目は、何にでもすぐ白黒をつけたがるところです。喧嘩両成《けんかりょうせい》敗《ばい》とも言いますし、決められないときもあると思うのですが、真ん中というのか、まあいいやですますのは我慢できないみたいです。四つ目は、子どもっぽいところです。弟たちは本当に子どもなので仕様がないのですが、兄や父や親戚《しんせき》は大人なのに、言うことやすることが子どもじみています。たとえば初鰹《はつがつお》を手に入れるために、大枚《たいまい》をはたいたり。ほんの少し待てば嘘みたいにうんと安くなるのに、どうしてそんなことをするのかわかりません」

己の立場を忘れ、思わず初瀬は大きくうなずいた。よくぞ言ってくれたと女子たちをほめてやりたい気分である。

「あたし、小弥太様の姉上の気持ちがすごくわかる」

お多喜の言葉に、小弥太はその大きな目を見開いた。

「ええっ！　ほんとう？」

「細かいことをよく覚えているのは、小弥太様にはどうでもよくても、それが姉上にとっては重要なことだからだよ」

「っていうか『くだらないこと』って言ってる小弥太様は、姉上に怒られるのが当たり前だと思う」

隣に座っているお梶がそっと袖を引いたが、お千代はそのまま話し続けた。

「『話が飛ぶ』っていうのもね、簪と桜餅のどっちも、腹が立ったっていうのでは同じだから。小弥太様を怒ったときに思い出したってことなんだと思う」

「あのね、小弥太様……」

お梶が遠慮がちに口を開いた。

「新しい簪を挿したことに気付いてもらおうって、姉上はきっと小弥太様の前で頭に手をやったり、首をかしげて簪が目に入るようにしたり、いろいろな素振りをしたと思うからそれに気付いてあげてほしかったかなって……」

「ひょっとして悪いのは姉上ではなく、私ということになるのか?」

女子たち全員がふむふむとうなずく。「そんな……」とつぶやく小弥太に、初瀬は笑いをかみ殺した。

今しがた八重が言っていたではないか。男というものは、理屈がつけば心がおさまらないのに納得しようとすると……。

女子たちはそれを利用して、小弥太をやり込めたのである。おそらく意識してのことではないだろうが……。

小弥太のことに見とれていたくせに、それとこれとは別物ということらしい。なんとまあ女子とは一筋縄《ひとすじなわ》ではいかぬものだ。

目を白黒させている小弥太が少々哀《あわ》れでもあった。だがこれも、世の中にはいろいろな生き方や考え方があるのだということを学ぶ目的にかなっているのではあるまいか。

「噂《うわさ》には聞くのだが、初鰹とはどういうものなのであろうか」

小弥太の問いに女子たちが顔を見合わせる。初瀬は助け舟を出した。

「三枝のお屋敷では、鯛《たい》、白魚《しらうお》、鮎《あゆ》、平目《ひらめ》などの白身の魚しか食さぬのです。鰹は赤身ですから」

「では、鯖《さば》や秋刀魚《さんま》も食べないのですか？」

お園の問いに初瀬がうなずく。

「ええ、武家は赤身の魚は食しませぬ」

女子たちの間から驚きの声が上がった。

「ええと……相模沖《さがみおき》でとれた鰹は、『鎌倉《かまくら》鰹』として人気が高いです。初物を食べると七十五日寿命が延びると言われています。でも初鰹はその十倍。七百五十日も長生きできるということです」

お園の話に小弥太が聞き入る。

「文化九年（一八一二）、日本橋の魚河岸《うおがし》へ十七本の初鰹が入りました。そのうち六本は将軍家にお納めし、三本を有名料亭の八百善《やおぜん》が二両一分で買い入れました。そして魚屋へわたった八本のうちの一本を、歌舞伎《かぶき》役者の中村歌右衛門《なかむらうたえもん》が三両で買ったのだそうです」

「なんと……」と言いながら、小弥太がため息をついた。八重が話の穂《ほ》を継ぐ。

「今年はうちの長屋で男の人たちが、ひとり二百五十文ずつ出し合って、二分もする初鰹を買って来てしまったので大騒ぎになりました。男の人たちはたったの二百五十文で初鰹が手に入ったと自慢していましたが、長屋の家賃がひと月五百文なので二百五十文といえばその半分です。それに夫婦と子どもひとりがひと月暮らすのに一両二分くらいかかりますから、二分の初鰹なんてべらぼうな物をなぜ買うのだと、おかみさんたちがかんかんに怒りました」

「確かにそれは怒るのも無理はないのう。しかしそれは、私が初鰹を知らぬからそう思えるのかもしれない」

考え込んでしまった小弥太に、初瀬は微笑《ほほえ》みかけた。

「理屈っぽいだとか、すぐ白黒をつけたがるだとか、女子たちが言っていたことに対して、小弥太も考えを述べなされ」

「はい。自分や周りの男たちに鑑《かんが》みると、なるほどと思い当たることばかりです。改めることができると良いと思いますが、男というものに元々備わっている性《さが》のようなものだとしたら無理な気もします」

「素直に認めると申すのですね。反論はせぬのですか」

「ええと……あ、はい」

一対五ではとても勝ち目があるまい。小弥太も武士の子。そのあたりは意地があるのだろう。それはそれでそっとしておいてやらねば。

4

「おい！　また筆子がひとり増えてるじゃねえか！　しかも男の子ときた！　ここは女筆指南じゃなかったのか？」

声がしたと思ったら、もう多聞《たもん》が教場の床にずかりと座り込んでいた。帰り支度をしていた小弥太が目を丸くする。

「しかも新入りはお武家の子だ。旗本《はたもと》のお坊ちゃまってところか」

無礼な物言いの多聞に、小弥太は礼儀正しく答えた。

「はい。三枝兵庫が末子、小弥太にございます」

「三枝？　ほう。お師匠様が祐筆《ゆうひつ》をしていた屋敷だな。歳はいくつだ」

「十になりまする」

「ここへの入門を、お父上がよく許したもんだな」

「父上には『男女七歳にして席を同じゅうせず。あと二年待って兄と同じ塾へ行けばよい』と反対されたので、『身体の弱い私は、早死にするかもしれぬから、そんなに長くは待てませぬ』と脅しました」

「女の子みてえにかわいい顔をしてるくせに、肝《きも》っ玉《たま》の太い子だな」

「ありがとうございます」

「豆大福を買って来たんだ。一緒に食べよう」

「はい。お相伴《しょうばん》いたします」

「嬢ちゃんたちもどうだい？　それともまた、用事があるのか？」

「いいえ。あたしたちもいただきます」

お多喜が答え、筆子たちが多聞のまわりに集まる。なぜかわくわくしているようなのが、初瀬はふと気にかかった。

ああ、そうか。小弥太と共に菓子を食べるのがうれしいのだ。小弥太と机を並べて学ぶことにはだいぶ慣れた筆子たちだが、やはりこういうところは子どもなのだと初瀬は微笑ましく思った。

お藤が茶をいれてきてくれたので、皆で豆大福を食べた。小弥太がいるせいだろう。女子たちはいつもより行儀がよい。大口をあけてほおばるのではなく、おちょぼ口で少しずつかじっている。

「なんだなんだ。皆上品にとりすましちまって。いつもはもっと賑《にぎ》やかに、ぴーちくしゃべってるじゃねえか。はーん。小弥太がいるからだな。みんなして猫をかぶってるってわけだ」

多聞の挑発を筆子たちは見事なまでに無視している。どうやらそれが多聞には面白くなかったようだ。

「小弥太。気をつけろよ。こいつらの本性はすごいんだぞ。お坊ちゃん育ちの小弥太なんか、とても太刀打ちできやしねえぞ」

「あー、それは少々わかる……かも……」

女子たちに一斉に見つめられ、小弥太は急いで言葉を飲み込んだ。

「なんだ。もう尻《しり》に敷かれちまってるのか。情けねえな」

「わはは」と笑いながら多聞が豆大福にかみつく。いつにもまして今日の多聞は言いたい放題だ。

いくら小弥太がいるから我慢しているのだと言っても限度がある。堪忍袋《かんにんぶくろ》の緒《お》があまり丈夫ではない、お多喜やお千代あたりが反撃してもよさそうなものだが、今日はそれもなかった。

なぜだろう……。だが初瀬の覚えたわずかな違和感は、口中の豆大福によってたちまち雲散霧消してしまった。

†

「あ、伊織様だ」

お多喜のつぶやきに、多聞はぎょっとした顔になった。

「今日はちと野暮用があってな。すっかり遅うなってしもうた。すまぬ、小弥太」

小弥太が優しい笑顔を伊織に向ける。

「いいえ、叔父上。よろしいのです。朝比奈様に豆大福をご馳走《ちそう》になっておりましたので」

ぎくりとした様子で伊織が足を止めた。

「伊織様、どうかなさいましたか」

「いいや、別に。大事ござらぬ」

やはり足が痛んだのやもしれぬ。今でも時折そういうことがあると、伊織に聞かされたことがあったのだ。

「三枝伊織と申す。南町奉行所同心、朝比奈どのとお見受けいたす」

「おっしゃる通り、朝比奈多聞と申します。以後お見知りおきを」

「初瀬から聞いたのだが、命を助けてもろうたそうじゃな。礼を申す」

「いいえ、役儀でございますから」

沈黙が流れた。初瀬は場を取り持とうと伊織に豆大福をすすめた。

「朝比奈様が買《こ》うて来てくださったのです。伊織様もおひとつどうぞ」

「いや。それが、今日はいつものようにゆっくりしておられぬのじゃ。帰りに寄らねばならぬところがござってな。小弥太、帰るぞ」

「はい」と返事をした小弥太が、風呂敷《ふろしき》包みを取りに行く。

「おお、忘れておった。俺も豆大福を買うてきたのであった」

初瀬の膝元に菓子包みを押しやると、伊織はゆっくりと立ち上がった。

†

土手から日本橋川の川べりにおりた心花堂の女子の筆子たちは、石に並んで腰をおろし川の水に足をつけた。日はかなり西に傾き川面《かわも》を渡る風が心地よい。

「さっきはすごかったね。朝比奈様と三枝様の鉢合わせ」

お梶が珍しく口火を切った。頰が上気している。

「朝比奈様が心花堂へやって来たとき、あたし、やった！　って思っちゃった。だって恋敵が出会うなんてめったに見られないもの」

目をくるくるさせるお多喜に、お園がうなずいた。

「あたしも、早く三枝様がいらっしゃればいいのにってずっと思ってた」

「三枝様がいつもより遅かったから、ちょっと焦《あせ》った」

「へえ。八重ちゃんでもそういうふうに思うんだ」

「お千代ちゃん、それどういう意味？」

「それより八重ちゃん、三枝様と朝比奈様が黙ってにらみ合ってたの何だかどきどきしなかった？」

「にらみ合ってはいなかったんじゃないかな。うっすら笑顔だったし」

「でも、火花がばちばち出てるって感じだったよ」

「だよねえ、お多喜ちゃん」

「三枝様が遅れたのはわざとだと思う。あたしたちが帰ったあとで来て、お師匠様とゆっくり豆大福を食べるつもりだったんだよ」

「あ、そっか。お園ちゃんすごい」

「あとさ。三枝様って、迎えに来たらいつもゆっくり過ごしてから帰るって朝比奈様に遠回しに知らせてたよね」

「うん。あれは『俺はしょっちゅう来て、初瀬と過ごしてるんだぞ。ふん。悔しいだろう』って言ってるようなものだよね」

「あたしもそう思った」

「朝比奈様、分《ぶ》が悪いね」

「でも、朝比奈様はお師匠様の命の恩人だもの。負けてないんじゃない？」

「ねえ。朝比奈様と三枝様。どっちがお師匠様の相手にふさわしい？」

お多喜に尋ねられ、皆思案顔になった。

「あ、そうだ」

お千代がたもとから黒飴《くろあめ》を出して配った。おしゃべりを中断し、飴をなめながらしばし考える。

「私はやっぱり三枝様だな。だって知り合ってから長いし、お師匠様にとっても気心が知れてると思う」

「あたしも八重ちゃんと同じ。伊達《だて》に十二年もの間思い続けてたわけじゃないってことで」

「お梶ちゃんはずっと三枝様の味方だから。あたしも三枝様。朝比奈様だって甥御《おいご》さんに家督《かとく》を譲るわけだから、立場としては三枝様と似たようなものでしょ。だったら何と言っても旗本五百石」

「あたしは朝比奈様だな。だって三枝様は優柔不断過ぎるよ。男ならすっぱり決断しなきゃ」

「お多喜ちゃんと同じであたしも朝比奈様がいい。なんだか一生飽きなさそうだもの」

「私とお梶ちゃんとお園ちゃんが三枝様で、お多喜ちゃんとお千代ちゃんが朝比奈様。三対二か……。でも三枝様の勝ちっていうよりも、勝負がつかないって感じだね。とにかくお師匠様を幸せにしてくれるならどちらでも私はかまわない」

　八重の言葉に皆がこくりとうなずいた。

「お師匠様が嫁がれたら心花堂はどうなるんだろう」

お千代がぽつりとつぶやく。お梶が微笑んだ。

「三枝様がお相手なら、ご自分が心花堂へ移って来られるんじゃないかなあ。せっかくだから続けなさいって」

「きっとそうだねえ」

「うん、そんな気がする」

「問題は朝比奈様だな」

腕組みをしたお多喜が顔をしかめて言ったのでどっと笑いが起きる。

「同心の妻になったら八丁堀の役宅に住むことになるね」

「でもね、八重ちゃん。そうなると朝比奈様のお母上と義理の姉上のふたりに、お師匠様は仕《つか》えなきゃならないんだよ」

お園の指摘に女子たちは顔をくもらせた。小姑《こじゅうとめ》といえども、夫の姉や妹ならばやがて嫁いで家を出て行く。

だが多聞の義姉は、夫を亡くしている上に我が子が家督を継ぐことになっている。そのため朝比奈の家を出て行くことはない。

それどころか甥が跡を継げば、多聞と初瀬が家を出て行かねばならぬはめになるやもしれぬ。多聞が妻を迎えぬ本当の理由が子どもたちはわかった気がした。

「あっ、いいこと考えた！」

「ああ、びっくりした。いきなり叫ばないでよ、お千代ちゃん」

「お多喜ちゃん、ごめん。あのね。朝比奈様が隠居してから夫婦になればいいんじゃないかなって」

「それじゃお師匠様がお婆《ばあ》さんになっちゃうでしょ」

「でも朝比奈様の兄上ってことは、生きていらしたら四十前くらい。その息子だからあたしたちに近い歳じゃないかな。だとしたら家督を継ぐのはそんなに先の話じゃないと思う」

「じゃあ。どっちにしてもあたしたちが巣立つまで心花堂は続くんだね。よかった！」

「なあんだ、お千代ちゃん。やっぱり自分勝手だ」

「違うよ、お多喜ちゃん。だって心花堂はとっても楽しいんだもの。なくなってほしくない。でもお師匠様のためなら我慢する。お師匠様には絶対に幸せになってもらいたいから」

八重が微笑みながらお千代の手を握る。

「そんなこと、皆わかってるよ」

「うん……」

筆子たちは押し黙って川の流れを見つめた。

「ねえ、これからどうなると思う？」

「どうって？」

お多喜がじれったそうに口早に言う。

「嫌だ。朝比奈様と三枝様よ。あのままおさまるわけがないでしょ」

「だって、ふたりともそそくさと帰っちゃったじゃない」

「お園ちゃんも皆もわかってないなあ。ふたりともお互いに『あいつには負けたくない』って思ったにきまってる。そうしたらもう次は、自分の想《おも》いを打ち明けるしかないでしょ」

「えっ！」

先程までのしんみりした様子はどこへやら。一転大騒ぎになった。皆が足をばたばたさせたので盛大に水しぶきが上がる。

「いつ？　それはいつ？」

「たぶん、邪魔なあたしたちがいないとき」

「ってことは、五のつく日！」

「二十五日！」

「もう明後日だよ！」

筆子たちは勢いよく立ち上がった。

5

今日は水無月《みなづき》の二十五日。六曜《ろくよう》では先勝にあたる。伊織は朝早く本郷の屋敷を出た。先勝は『先んずれば即ち勝つ』という意味で、早く事を起こすのが良い日である。その代わり昼から動くのは凶とされていた。

そう。伊織は先んじようとしているのだ。あの男よりも……。あの男というのはもちろん、小癪《こしやく》な南町奉行所同心朝比奈多聞のことである。

一昨日あの男は、小弥太の送り迎えで伊織が二日おきに心花堂を訪れていることを知った。朝比奈は伊織のことをどう見ただろうか。

朝比奈が初瀬のことを何とも思っていない、または伊織が初瀬に心を寄せていることに気付いていないならば案ずることはない。

だが朝比奈が初瀬のことを好いていて、伊織が恋敵であると気付いてしまったならどうするか。己が役儀で市中を駆けずり回っている間、伊織はしょっちゅう初瀬に会っているのだ。

自分は絶対的に不利な立場にあると思うだろう。そして伊織を出し抜こうと考えるにきまっている。

伊織は焦っていた。すぐにでも初瀬に想いを告げたかったが、昨日は兄の名代で法事に行かねばならずそれがかなわなかったのだ。

もうすでに朝比奈が、初瀬のことを好きだと申しておるやもしれぬ。だが言わずに悔やむよりも、言って後悔するほうがいい。当たって砕けろだ。

今日も暑くなりそうだ……。伊織は空を見上げた。

†

今日は先勝か。朝っぱらから想いのたけをぶちまけるにはちょうどおあつらえ向きの日だ。心花堂へ向かってせっせと足を運びながら多聞はにやりと笑った。

敵が足繁《あししげ》く初瀬の元へ通っているとは思いもよらなかった。敵というのはもちろん、旗本五百石三枝家の部屋住み野郎三枝伊織のことである。

俺としたことがぬかった。俺が初瀬のことを好きだとばれちまってたら、あいつはどうする？　絶対俺より先に初瀬に言うだろうな。好きだって。くそっ！

多聞は拳を握りしめた。昨日初瀬に打ち明けたかったのだが、たまたま喧嘩騒ぎに出くわして始末に追われ、それができなかったのだ。焦りが募《つの》る。

向こうは十二年も想い続けていたらしい。俺はついこの間自分の気持ちに気付いたばかりだ。ふん、悪かったな。

もしかしたら、昨日のうちに伊織のやつが言っちまってるかもしれねえが、なあにかまわねえ。こういうのは勢いだって、いつかどこかで誰かが言ってたぜ。当たって砕けろだ。

畜生。暑いじゃねえか……。多聞は空を見上げた。

†

心花堂の女子の筆子たちは、それぞれ親にもっともらしい言い訳をして朝から家を出た。手習い所への曲がり角のところでおち合い、門の前に人がいないことを確かめてから静かに中へと入る。

庭伝いに教場の裏に回った筆子たちは、開け放してある窓の下にしゃがみ込んだ。皆汗をびっしょりかき、上気した顔で目をきらきらさせている。

最初はもっと遅く集まるつもりだったのだが、昨日、お園が今日が先勝であることに気が付いたのだ。朝は吉、昼からは凶。伊織と多聞が初瀬の元を訪れるのだとしたら、それは朝にきまっている。

どちらが先にやって来るのだろう。もちろん誰も来ないかもしれない。それでもかまわなかった。

とんでもなくわくわくわくしながら友だちと過ごす。もうそれだけで筆子たちはとても楽しかったのだから。

お梶が水の入った竹筒《たけづつ》をまわし、お千代が飴玉を配る。準備万端。あとは静かに待つだけだ。

†

こう暑いと出掛ける気にもならない。朝のうちに算術の教本作りを進めて、昼からは甘い物を食べてゆっくり過ごそう。

教場へついて来た大吉を、初瀬は抱き上げ膝に乗せた。喉《のど》をなでるともっとというようにあごを上げる。初瀬は大吉のこのしぐさが大好きだった。

気持ちがよくてふにゃふにゃになっていた大吉が、突然飛び起き走り出す。どうやらハエを見つけたらしい。

飛んだり跳ねたり勢い余って転んだりと大忙し。ほんに猫というものは面白くて見飽きない。

大人になった猫ももちろんいとおしいが、子猫の愛らしさはまた格別だ。猫を飼うことにしてよかったと、初瀬はしみじみ思った。

しばらくすると大吉は遊び疲れ、床にころんと引っくり返るとそのまま眠ってしまった。頭をつついても尻尾を引っ張っても目を覚まさない。

いけない。つい遊んでしまった……。墨をすり始めた初瀬の元へ伊織がやって来た。いつも柔和な笑みを浮かべている伊織なのに、どうしたことか表情が硬い。

小弥太に何かあったのだろうか。初瀬の胸を不安がよぎる。

「今日は話がござってな」

「もしや小弥太様が……」

「いいや。小弥太は達者にしておる」

「そうですか。安堵いたしました」

「実は……」

「待て！　俺も話がある！」

庭から走り上がって来た多聞が、勢いよく伊織の隣に座った。思い詰めたような顔をしている多聞に初瀬は驚いた。

そのとき、がたん、という音と共に、「痛い！」という悲鳴が上がった。びっくりした初瀬が窓から見ると、なんと女子の筆子たちがいるではないか。

皆目を大きく見開き棒立ちになっている。どうやらのぞき見をしていてよろけた子が、誰かの足を踏んづけでもしたらしい。

「のぞき見とは行儀の悪い。中でじっくり訳を聞きましょう。さあ、皆お入りなさい」

しおしおと筆子たちが教場に入って来て、初瀬の前に一列に並んで座った。多聞が舌打ちをする。伊織も渋い表情を浮かべていた。

「今日は休みなのに、なぜ朝からここにいるのです」

筆子たちがもじもじと下を向いた。初瀬ははたと気が付いた。伊織も多聞も筆子たちのことでやって来たのだ。

おそらく何かをしでかした。だから伊織と多聞が何と言うか気になってのぞいていたのだ。

そうだ。きっとそうに違いない。筆子の不始末には師匠も責めを負わねばならぬ。私も一緒に謝らなければ……。

しかしこの子たちはいったい何をしたのだろう。まずは事の次第を聞かせてもらおう。初瀬は筆子たちにふわりと笑いかけた。

「怒らぬから申してみなさい」

「初瀬……」

顔を上げた初瀬は愕然《がくぜん》とした。庭に総髪の男が立っている。まさか……。そんなことがあるはずは……。

「久しいな。十五年ぶりか……」

立ち上がった初瀬は、ふらふらと縁側へ出た。

「生きておられたのですね……」

初瀬が手で口を押さえた。そのまま裸足《はだし》で庭に飛び降りる。

「亮俊《りようしゆん》様!」

胸の中に飛び込んできた初瀬を、男が固く抱きしめた。

「お前さんはいったい誰だ?」

むせび泣く初瀬の背をなでながら、多聞の問いに男は答えた。

「大月《おおつき》亮俊と申す。生業《なりわい》は医者。初瀬の許婚《いいなずけ》だ」

【参考文献リスト】

大石学「江戸の教育力　近代日本の知的基盤」東京学芸大学出版会
高橋敏「江戸の教育力」筑摩書房
中江克己「江戸の躾と子育て」祥伝社

時代小説文庫
み 11-1

心《こ》花《はな》堂《どう》手《て》習《ならい》ごよみ

著者 三《み》國《くに》青《あお》葉《ば》

2018年6月18日第一刷発行

発行者 角川春樹

発行所 株式会社 角川春樹事務所
〒102-0074 東京都千代田区九段南2-1-30 イタリア文化会館

電話 03(3263)5247[編集] 03(3263)5881[営業]

印刷・製本 中央精版印刷株式会社

フォーマット・デザイン&シンボルマーク 芦澤泰偉

ISBN978-4-7584-4175-9 C0193

http://www.kadokawaharuki.co.jp/[営業]
fanmail@kadokawaharuki.co.jp[編集] ご意見・ご感想をお寄せください。